Y6217.

12562

e

EGLOGUES POITEVINES,

SUR DIFFERENTES
Matieres de Controverses, pour l'utilité du vulgaire de Poitou.

Dedié à MONSEIGNEVR LE MARE'CHAL D'ESTRE'ES, Commandent pour Sa Majesté dans les Provinces de Poitou, Xaintonge & Aunix.

Par feu Messire JEAN BABU, Docteur en Theologie, Prêtre & Curé de Soudan.

A NYORT,
Chez JEAN ELIES, Imprimeur & Marchand Libraire, sous les Halles.

M. DCCI.
Avec Approbation & Permission.

A
TRES-HAUT
ET
PUISSANT SEIGNEUR,

MONSEIGNEUR LE COMTE D'ESTRE'ES, Chevalier des Ordres du Roy, premier Baron de Boulonnois, Maréchal & Vice-Amiral de France, Vice-Roy de l'Amerique, Commandent pour Sa Majefté dans les Provinces de Poitou, Xaintonge & Aunix.

ONSEIGNEVR,

La Permiffion que Vous aviez donnée à défunt Monfieur Babu, Curé de Soudan, de Vous dédier fes Eglogues, luy avoit parû

EPITRE.

la plus illustre Recompense qu'il pût recevoir
dans le monde, d'un Travail qu'il avoit
consacré à la gloire de Dieu, & de son
Eglise. Ie viens, MONSEIGNEVR,
comme dépositaire de ses sentimens, vous
en rendre de très-humbles actions de grace, & vous demander pour l'Ouvrage la
protection dont Vous aviez honoré l'Auteur. Ce Livre traite des Matieres de
Controverses, accommodées à la portée
des Peuples de cette Provinte : & Qui peut
luy donner plus de réputation que de paroître sous les glorieux auspices du Nom DE
VOTRE GRANDEVR? L'Amour que
Vous témoignez pour l'Eglise, la sage &
continuelle attention que Vous avez à pro-
curer son accroissement dans les differentes
Provinces où Vous Commandez, sont d'heureux préjugez pour un Ouvrage qui regarde
la Religion. Ie ne Vous dis rien icy, MON-
SEIGNEVR, de tant d'Héroïques Actions
qui Vous ont attiré avec justice l'estime du
Roy, & l'applaudissement de l'Vnivers. Ie
ne Vous parle point de ces fameuses Expe-
ditions de Valeur & de Prudence, qui ont
porté la gloire de la Nation jusqu'aux ex-

EPITRE.

trémitez du monde ; je laisse à l'Histoire
qui a déja consigné à la Posterité les faits
inoüis de vos Illustres Ancêtres, d'y con-
gner aussi les Vôtres : il ne m'appartient
pas de toucher à tant de gloire, j'admire
& je me tais. l'ay l'honneur d'être avec un
trés-profond Respect,

MONSEIGNEVR,

DE VOTRE GRANDEVR,

Le trés-humble, trés-obéïssant,
& trés-obligé Serviteur,
TERRAUDIERE.

ON fera peut-être furpris que dan
un fimple Jargon, & d'un ftyl
qui paroît fi bas, l'on traite des Con-
troverfes qui regardent la Religion,
& qu'on accommode des Matieres fi
relevées à un Langage fi groffier. Mais
l'on ceffera de s'en étonner, fi l'on
confidere que l'Auteur s'eft particulie-
rement propofé l'inftruction des Nouveaux Convertis de la Campagne. Il
a crû que pour y réüffir il devoit fe
proportionner à eux, & emprunter
leurs expreffions-même, pour leur faci-
liter l'intelligence des veritez qu'il
leur enfeigne. Ce faint Prêtre qui pendant vingt ans a travaillé avec tant de
fuccez à la réünion de ceux que Dieu
avoit confiez à fa conduite, avoit connu par experience l'utilité de ce moyen,
& fa charité qui ne pouvoit être oifive,
luy avoit perfuadé d'en faire part aux
Paroiffes de la Province, en mettant
en Vers populaires ce qu'il avoit en-

seigné de vive-voix dans la sienne. Une
mort subite l'a enlevé de ce monde à
la veille de l'Impression de son Ouvrage ; & on luy doit cette juste loüange,
que l'amour seul de la Religion avoit
conduit son dessein : il n'a point cher-
ché la reputation que peuvent donner
la politesse du style & la noblesse de
l'éloquence dont il étoit trés-capable;
il s'est abaissé à ceux qu'il avoit dessein de sauver ; il a ménagé leur goût
& leur talent ; en un mot, il s'est fait
tout à eux pour les gagner tous à Jesus-
Christ. Ce n'est pas que les person-
nes d'une Condition plus relevée, ne
puissent tirer un grand profit de la lecture de ces Eglogues ; elles trouveront dans la naïveté des Dialogues
des tours ingenieux propres à leur plai-
re, & des veritez fortes & solides, capables de les édifier. L'on y pourra re-
marquer que tous les Passages de la
Bible y sont traduits en bon François,
tant pour les distinguer du reste, que
pour mieux conserver la Dignité de la
sainte Parole, par des termes plus con-

venables : il y a auſſi quelques Traitez
entiers dans la même Langue , parce
que la ſublimité de la Matiere ne pouvoit que trés-difficilement s'accorder
avec la baſſeſſe du Jargon. Il eſt bon
auſſi d'avertir que quoy qu'en François
le ſingulier ne rime pas ordinairement
avec le plurier, il n'en eſt pas de même dans le Langage Poitevin, où l'on
ne met point d'ſ à l'un n'y à l'autre,
ce qui fait que la rime s'y trouve juſte. Il ne reſte plus qu'à prier Dieu
de répandre ſa Benediction ſur cét
Ouvrage , & à luy demander que le
ſaint Eſprit, qui ſous la Parabole du
Cantique (qui eſt une eſpece d'Eglogue) a revelé les veritez les plus Saintes de la Religion , imprime dans l'eſprit & dans le cœur de nos Freres mal
réünis , les veritez importantes dont
ces Eglogues ſont remplies.

APPROBATION.

JE Soussigné Prêtre Licentié de Sorbonne, à ce Commis par Monseigneur le Reverendissime Evêque de Poitiers ; ay lû le Livre intitulé *Eglogues Poitevines, sur differentes Matieres de Controverses, &c.* Composées par feu Messire JEAN BABU, Prêtre & Curé de Soudan, & n'y ay rien trouvé que de trés-conforme à la Foy Ortodoxe. FAIT à Nyort, le onziéme Avril mil sept cens-un.

L'ABBÉ' MABOUL.

PERMISSION.

NOUS JOSEPH JOUSLART, Chevalier, Seigneur de Font-Mort, Conseiller du Roy, Président au Siége Royal de cette Ville de Nyort, & Lieutenant Général de Police d'icelle. Du consentement du Procureur

e

du Roy, permettons à Jean Elies, Im
primeur & Marchand Libraire de cette
dite Ville, d'imprimer, vendre & de
biter un Livre intitulé *Eglogues Poite*
vines, sur differentes Matieres de Con
troverses, &c. Composées par feu Me
sire JEAN BABU, Prêtre & Curé de
Soudan; lesquelles ont été vûës & exa
minées par Messire JACQUES MABOUL
Prêtre, Licentié de Sorbonne, à c
Commis par Monseigneur l'Evêque d
Poitiers : avec défenses à tous autre
Imprimeurs & Marchands Libraires d
l'imprimer, vendre & débiter sans l
permission dudit Elies, à peine de troi
cens livres d'amende, applicable mo
tié à l'Hôpital Genéral de cettedit
Ville, & l'autre moitié au profit d
dit Elies; & ne vaudra la présente Pe
mission que pour six années seulemen
FAIT à Nyort, le douziéme Avril m
sept cens-un.

JOUSLART.

POUDRET, *Procureur du Ro*

A MONSIEUR BABU,

CURE' DE SOUDAN,

SVR SON OVVRAGE DE
Controverses en Poitevin.

DIEU dont la Puissance feconde,
Tira du néant tout le Monde,
Et par un Decret merveilleux,
Adorable & mysterieux;
Attacha le bonheur de l'homme,
Aux Loix de s'abstenir de manger d'une Pomme;
Fit bien voir que l'humilité,
Devoit être toûjours la Vertu favorite,
De sa divine Majesté,
Et le fondement du mérite.
Est-il rien, en effet, de plus humiliant,
Que d'être tiré du néant,
Rien de plus vil que cette Pomme,
Qui devint si fatale à l'homme:
Il a tiré des Rois, du nombre des Bergers,
Fait sortir de l'eau des Rochers,
Et de l'obscurité fait naître la Lumiere;
Qui nous échauffe & nous éclaire:
Quand pour nôtre salut ce divin Créateur,
Nous envoya le Redempteur,
Ce Dieu voulut prendre naissance;
Dans la misere & l'indigence,
Et pour premiers Adorateurs,
N'avoir que de simples Pasteurs.
Quand il falut de Ville en Ville.

é ij

Tous les raisonnemens & les Citations ,
Sur tout de la Sainte Ecriture,
Sont écrits en François d'une Phrase très-pure,
L'on ne peut donc trop admirer,
Vne si pieuse entreprise,
Et l'on a sujet d'esperer,
Que ce Livre sera très-utile à l'Eglise.

TERRAUDIERE.

A MONS.ᵛ BABV, CVRE' DE SOVDAN,
Su fon bea Livre de Controverfe contre les Huguenau, en franc Poiteuineas.

Y Défie tous les Rimou,
  De foire d'itau Vers, que BABV vént d'en foire,
Mén amy, quond quiò l'home étet en belle himou,
Gl'en fazet qui fu tous gagniant la victoire,
Témoins quie gle fit ouant,
Quond gle renvrefiront les Tomple,
De Choudené, de Semoiffant,
Dont gle fit dos difcous ben omple,
Gl'agaffit tont les Huguenau,
Que gle les mit en maléffoine,
Et gle lous donnit pus d'affau,
Quò ne firant tretous les Moine.
Avoure que glé fons viré,
Gn'at foit quio bel Ancrit, que pre meil lous apprendre,
Qu'à moin que gnégeant tout le cervea carviré,
Gne pouvant pas jemois fompêché de fe rendre,
A tont de beas difcous que gle foit dons quiez Vers,
Où gle mét lous Calvin tout d'in cot à l'envers:
Et lous foit vé par l'Ecriture,
Que quieu que Calvin dit n'etet ren qu'impofture.
Qu'abus, qu'imagination,
Qui les menet tretous dans la damnation,
Et que gle devont ben counêtre,
Que quio grond Ré nêtre bon Moêtre,
Nut jemois d'autre intention,
Que de les tiré tous de la predition.
Si gle fafont don bén, fons que tont en les préffe,
Gl'irant tous d'in bon quieur dés démoin à la Méffe:
Gle frant bon Catholique, & fons tont de faffon,
Ne chauffran bravemont, tous à même Chauffon.

TERRAVDIERE,

TABLE

Des Eglogues contenuës en
ce Livre.

EGLOGUES
POITEVINES,
SUR DIFFERENTES
Matieres de Controverses, pour
l'utilité du vulgaire de Poitou.

Omnis Lingua confitebitur Deo. Rom. 14. v. 11.
Toute Langue donnera loüange à Dieu.

EGLOGUE PREMIERE.
Du dessein de l'Ouvrage & de l'Ecriture Sainte.

ME' qui dans mon Iargon fis do Vers plus
   de mille,
  Pr'expliquer à nos gens les œuvres de
   Virgile;
Me qui chanty Titire, Alexi, Coridon,
Et Semele endormy so l'ombre d'in Brandon;
Y veux do même style expliquer la Créance,
Et faire ver l'esprit dos Hugueneaux de France;

A

Y veux dire l'esprit de lour Religion,
Pis pre tuer les gens que la Contagion.
Y ne diray ja ren qui ne set dans loux Livre,
Y ne veil point glofer fur loux façon de vivre,
Qui fans ren deguifer vault meil de bonne foy
Que loux Inftruction, loux Doctrine & foux Loy.
N'attenez ja de mé qu'y conte ou qu'y detaille
Les grand remuemant, les Combat, les Bataille,
Que quieiłez gens firont pre fe vere étably,
Quieu devet pre jamais eftre mis en oubly,
Car fçarez-y marquer fans m'attirer de noife,
Comment o fe paffit l'entreprife d'Amboife ?
Pourrez y dire icy, fans parler un poy trot,
Que Beze & l'Amirault fufcitirant Poltrot,
Pre faire affaffiner le vaillant Duc de Guize ?
Prince do plus ardent à deffendre l'Eglife.
Entre les Attentat en trouve-t'on d'egaux,
Au deffein d'enlever Charles Neuvieme à Meaux ?
N'allons ja rappeller les actions rebelle,
Do gens qui gardiront foixante ans la Rochelle ;
Qui prenguiront d'abord cent Ville en in feul jour
Laiffons Dreux, Saint Denis, Iarnac & Moncontour
Quieuquy fout entre nous de vilaines Hiftoires,
Qui ne devront jamais occuper nos mimoires.
Les gens qui firont quieu font tretous trepaffé,
N'allons ja rappeller les maux do tems paffé,
Les Enfans deteftont l'himoux de louz Anceftre,
Qui pre d'itau moyen ont mis loux Secte en eftre
Mas bénque gle blamant loux negres action,
Gne pouvont fe tirer de l'obftination,
Qui les fait attacher fi fort à loux Doctrine,
Qu'on vet beacot d'entre-eux courir à loux roüine,
Pre ne penfer jamais à loux Converfion,
Ny veler pre quieuquy goûter d'inftruction.
Helas ! gle detournant les œil de la lumere,
Et fuivant en quieuquy les trace de loux Pere.
    Michas qui crot aver en fé le faint Efprit,

Me foûtenet, quez joux , que l'Ecriture où dit,
Que gle fçait l'Evangile & la verité pure,
Que gl'at pris le vray fens de toute l'Ecriture,
Et que quieu fait le fonds de fa Religion,
Après quieu qu'une Armée avec cent legion,
Ne le front pas changer, ny même tout in monde.
Tout bea, fizy Michas, o fault qu'y te réponde,
Qui t'a dit, mon amy, que t'as le faint Efprit ?
Vé dans ton Teftament, où trouve-tu pr'écrit ?
Ou ben le faint Efprit eft-cil venu t'ou dire ?
Quauque Ange eft-cil vengu de fa part pré t'ou lire ?
Ha ! dit-cil, le Seigneur m'apprend au Teftament,
Comme une verité qu'y cré tout fermement,
Que fes Brebis cheufie écoutant fa parole ;
Me donq, qui fus toûjoux nourry dans fon Ecole,
Qui n'ay jamais manqué des mes plus jeunes ans
A lire tous les joux dix Chapitre fuyvans,
Qu'y touve en l'ancienne & nouvelle Alliance,
Me qui fais confifter toute ma fapience,
A penetrer le fens de quio Livre facré,
Y fens le faint Efprit m'infpirer quieu qu'y cré.
Attens, fizy, mon Gas, fault qu'y te defabufe,
Tu lis le Teftament, tu raifonne & t'amufe,
A faire à chaque point dos explication ;
Peus-tu ben m'affurer fans autre caution,
D'un efprit ferme & dret, & fans aucune crainte,
Que quieuquy que tu lis fet l'Ecriture Sainte ?
L'Ecriture jamais t'a-t'elle dit ainfi,
Y fé l'Ecrit Sacré, lis tu me trouve icy ?
Tu n'as jamais trouvé quieuquy dans l'Ecriture,
Qui t'a donq affuré qu'a l'eft qu'y toute pure ?
Tu répons à quieuquy qu'o l'eft le faint Efprit,
Si tu répons itau mon amy, t'es donc frit ;
Le faint Efprit te fait queneuftre l'Ecriture,
Tu vens d'ou dire itau comme tu t'ou figure,
Quielle Ecriture dit que t'as le faint Efprit,
Tu fais in cercle en quieu, l'in & l'autre te dit,

A ij

Quieu que tu ly fais dire, en fault-o davantage; (a)
Pre faire rebuter quio simple témoignage.
In feil qui me diret que son pere est savant,
In pere qui ventret l'esprit de son enfant;
Si n'ou sçavez d'ailloux, m'ou friont-eil ben crere?
Ta réponse est itau juges- en? fais la vere?
Tu porte en ton esprit l'Ecriture & son sens,
N'esto pas quieu se mettre au rang dos Innocens?
S'attribuer sans Dieu quielle haute Science,
O l'est de trop d'orgueil enfler sa confience.
Mas si tu velez ben écoûter mon conseil,
Sans t'embarrasser tant tu me répondrez meil;
Tu direz tout d'in cot & sans tant de feintise,
Que les Livre Sacré te venant de l'Eglise.
Mas y te répondray, peusque gl'en sont venu,
Té, ton pere, tes gens, estez tretous tenu
De recevre la Foy de quielle qui la donne;
In feil est un ingrat qui sa mere abandonne,
Quand a fait que quio feil jouyt enterement,
Et do ben de son pere & de son Testament.
Mas, dis-tu, quielle Eglise est tombée en roüine;
Ravaudras-tu toüjours? fault'o que tu foüine?
Y te fray ver demoin qu'a ne sçaret Errer,
Et que tous vos Ministre avant bea vous leurrer,
Gne peusont nous montrer jamais que sa Doctrine,
Ait contredit en ren l'Ordonnance divine.
Gl'ont de lé l'Ecriture, on n'ou sçaret nier;
Sça l'avet donq Erré, pourret-on sé fier,
Qu'a ne les eût leurré d'une faûsse Ecriture?
Vantez-vous donq d'aver quielle parole pure?
Si quielle qui la donne avet l'esprit impur,
Quiellez qui l'ont de le, qu'avont-eil qui set seur

(a) *Circulus vitiosus.*

EGLOGUE II.
DE L'EGLISE.

IONAS ET SAMVEL, son feil.

IONAS.

MOis n'allons en avant, mois l'on vet empirer.
T'en fevent-o, mon feil, quand on nous fit virer
Do tabus que n'eurons durant quatre Semoine,
Qu'on ne veïet chez nous rén que Prêtre & que Moine,
Et mille autre itau gens qu'on ne peut trot hayr,
Qui nous difiont trétous qu'o felet oboyr,
Qu'on devet à prefent tous rentrer dans l'Eglife,
Qu'on eftet dans le tems que le Chrift Prophetife,
Qu'o ne fault plus aver qu'in troupea, qu'in Paftoux,
Et fans tant marchander fe réünir tretoux.

SAMVEL.

O men fevent mon Pere, y peus même vous dire,
Que tant que dans le ventre o me battrat la pire,
Y regardray quio temps comme in temps que pre nous,
Et pre netre falut fit naitre le Seignoux.
Y fçay bén que tretous ne difant pas de même,
Que Pere, Frere & Sœur foutendront qu'y blafphéme,
Et qu'enfin le bon Dieu mégeant abandonné,
M'a feparé do gens qui font prédeftiné,
Mas tretoux loux difcours n'ont fur mé nulle prife,
Pre me faire écarter do giron de l'Eglife.
Mon Pere! dès le temps qu'y ne fis qu'anucher,
Vous m'entendiez lire, y vous oyez prêcher,
Et fur chaque Vrefet de la fainte Ecriture,
Vous mettiez do dicton de voftre tablature,

Rén n'eft fi malaifé dans tout le Teftament,
Que vous n'expliquiffez, Dieu vous ou fçait comment
Ce qui venet de vous m'eftet autant d'Oracle,
A l'houre o l'euft fellu do millez de Miracle,
Pre m'oufter de l'efprit quieuquy que vous difiez,
Y z'ou creez de Dieu, & que vous poifiez
Dans les Threfors cachez de fa haute Sageffe;
Vous mettiez les Papiftres & lous Eglife en peffe;
Vous difiez qu'in bea jour neftre petit Troupea,
Iret tefte levée & fans craindre fa pea,
Renverfer tout d'in cot quielle grand' Babilonne,
Que l'Ecriture ou dit, & que Iurieu prône,
Qu'avant qu'ofet fix ans itau qu'o l'eft écrit,
Ne vérons preiller Rome avec fon Antecrit.
Qu'on verat la Reforme, abîmer fa malice,
Qu'o l'eft itau marqué danfmy l'Apocalice;
Que Monfu Dumoulin avec fon petit feil,
Expliquont fi bén quieu, qu'on ne peut dire meil.
Et gle difont tous deux que quielle Prophetie,
Dés l'an quatre-vingt-neuf devet eftre accomplie;
Mas ne veyons courir quatre-vingt-dix-neuf,
Sans que de queiz Corbea l'on veze pas un œuf.
L'Ecriture a trompé queiz habille Miniftre,
Contre lour fentiment tout nous pareft finiftre;
Aprés quieu, fiez vous en quiellez bon Paftoux?
Ecoutez-les prêcher? creez quiellez Doctoux?
Prenez dos Armanac de quiellez grand Prophete;
Qui vous donnant do Ciel l'affurance prefaite?

IONAS.

As-tu deja tant pris de l'efprit do Papau,
Que gle te fait parler de nos Miniftre itau,
Efto quieu Samuel la belle récompenfe,
Do Leçons qu'y te fis dés ta premere enfance?
Ne t'arayzy nourry que pr'eftre do party
Do gens qui ne tendant qu'à nous vere amorty?
Y veray donc chez nous une Guerre civile,
D'In feil contre fon Pere & contre l'Evangile?

Ô Diéu ! tu me fais vere in ſi malheureux temps,
u'apres aver ſouffert les Dragons, les Satans,
O fault qu'y ſouffre encor contre toute nature,
Do feil le plus chery de ma progeniture ?

S A M V E L.

Mon Pere, à que ſert-o tant d'acclamation ?,
Y veil vous faire aneut ma déclaration,
Qu'y ne ſé plus do veſtre au moings de veſtre Egliſe;
La Reforme s'envet comme le Vent de Bize;
A la fait autrefé grand brut dans ſa Saſon,
A la mis de grand trouble en toute les Maiſon,
A la bandé cent fois le feil contre le pere,
Et mis ſouvent en guerre, & la feille & la mere;
Mas le monde à preſent en eſt deſabuſé,
t l'on n'écoute plus quielléz Paſtoux ruſé,
Qui mettiront d'abord les Ames à la torture,
En les abibaudant do ſens de l'Ecriture.
Gle préchiont qu'a faſet le fond de neſtre Loy,
Et qu'on trouvet en lé nos Article de Foy.
Mé, do commencement comme tretous les autre,
Ecoutez quielléz gens comme de vrays Apotre,
Et de tous loux diſcours me ſentant faſciner,
Y damnez les Papau ſans rén examiner.
Y ne ſé plus de même, & Dieu pre ſa puiſſance,
M'a fait ouvrir les œil pr'affonzer ma Creanee;
Y me ſé mis à lire au Nouvea Teſtament,
Pr'y trouver la Reforme & tout ſon fondement,
La Confeſſion de Foy m'a fourny la matere,
Pre me donner ſur quieu la connoiſſance entere,
Mas ſur tretous les Points que ne ſomme en debat,
Dans toute l'Ecriture y trouve eſchet & mat.
Que ſert-o d'y chercher le trente-uniéme Article,
Qui fait le fondement de toute la menicle ?
Et qui dit que nos gens ſont vengu de nouvea,
Pre remettre l'Egliſe en un eſtat plus bea,
Que quio qu'o nous fait ver la Papauté maline,
Qui depeus tant de temps l'avet-miſe en roüine.

Y cherche quieu pre tout, pr'iquy, pre lais, pr'icy,
Pre mot, legne, & feüillet, mas blanque Dieumercy,
Quieu montre que queiz gens ont manqué de dreture,
Et qu'en nous prepousant de crere l'Ecriture,
Gle nous ont répoigu d'imagination.
Ha ! ver tomber l'Eglise en desolation,
Quieu saret-o le crere, aprés les témoignage,
Qu'o donne l'Ecriture & dans tant de passage, (a)
Qui marquant sa durée & sa grand fermeté.
Saint Paul nous dit qu'a l'est l'appuy de verité,
Iesus-Christ nous assure en saint Mathieu seizième.
Qu'a l'est d'une constance & d'une force extrême,
Qu'a serat toujours de même au temps plus reculé,
Et que jamais l'Enfer ne prevaudra sur lé,
Si de quielle assurance on cherche in nouvea Titre,
Saint Mathieu nous apprend dons son derré Chapitre,
Que le Seigneur Iesus, jusqu'à la fin do jours,
Promet à son Eglise un éternel secours.

I O N A S.

Quio secours Samuel estet pre ses Apotre,
Sans qu'on le peuche aprés estendre sur les autre ;
Si gle se borne iquy, comme o s'explique itau,
Tu vé que quieu détruit tout le sens do Papau.

S A M V E L.

Le Sauveur loux disant quiez parole profonde,
(*Ie suis avec vous jusqu'à la fin du monde.*)　(b)
Marque in secours sans fin dont gle les assuret,
Mas gne jour diset pas qu'aucun d'eux ne mourret,
Gle sont morts en effet, personne n'ou conteste,
Cóment dóq pre zeux seuls expliquéz-vous quio texte?
Ie suis avec vous à present & toûjours.
Sans interruption jusqu'à la fin des jours ;
Queiz parole marquant une grace promise,
Do Seigneur pr'assister à iamais son Eglise.
Si gle l'assiste donq à ne saret Errer.

(a) *Tim.* 3. *v.* 15.　　(b) *Mat.* 28. *v.* 20.

Regardez

Regardez bén mon Pere ou quicuquy vat virer?
Quieu prouve évidemment que trétous vos Miniſtre,
Ne ſont que faux Paſtoux, ne ſont que gens Siniſtre,
Qui ſans que l'Ecriture en parle en aucun lieu,
Diſont que gl'ont eſte tous ſuſcitez de Dieu, (a)
Pre venir redreſſer l'Egliſe roüinée.
O les grands Directeurs d'Ames predeſtinée !
Fiez-vous dans quiez gens qui vous donnant la Loy?
Qui requeneuſſan meſme au Sommaire de Foy,
De lour Confeſſion dans l'Article neuviéme,
Que gle ſont hors de grace ennemis de Dieu meſme,
Aveugle en lour eſprit, corrompu dans leurs mœurs,
Eloigné de Vertu', depravé dans lours cœurs , (b)
Que toute leur clarté degeneré en tenebre,
Et que lour volonté lour pareſt ſi funebre,
Qu'a l'eſt à tout jamais captive ſoubz peché,
Et que d'aller au bén gle ſont tout empêché,
De vos brave Paſtoux vequy la Portraiture,
Qui ne prepouſant rén que la pure Ecriture,
Que n'y faſant-eil donq trouver lour Miſſion!
Pre bén authoriſer lour ſuſcitation.
Et que n'y trouvant-eil pre mot en bonne forme,
Que l'Egliſe de Chriſt euſt beſoing de Reforme?
Quand gl'aront trouvé quieu dans les Livre divin,
Fault encore y trouver que Luter & Calvin,
Furant commis de Dieu pre faire quio l'Ouvrage,
Si gle s'y trouvant court, en faut-ô davantage,
Pre prouver que l'envoy de quiez grand Travailloux,
Ne fut jamais de Dieu, mais que gle vent d'ailloux?

I O N A S.

Doure vendret-eil donc? Aſtu quoque roubréche,
Pre tirer d'autre part nos Miniſtre & lour Préche?

S A M V E L.

Mon Pere y vous fray ver ſans beacot de deſtour,
D'oure o vent la Reforme & vos premez Paſtous.

( ) ( )

(a.) *Confeſ. de Foy* Art. 31.   (b) Art. 9.

B

Le Sauveur en faint Iean nous parle de la forte,
Quiconque entre au Troupeau, d'ailleurs que par la Porte,
Doit paſſer pour Volleur, il eſt un franc Larron. (a)
Il faut être appellé , dit S. Paul, comme Aron,
Pour faire le devoir de Paſteur dans l'Egliſe. (b)
Avoüez donq mon Pere après quieu ſans feintiſe,
Que vos premez Miniſtre ont eſté do Larron,
Que pas in d'eux ne fut appellé comme Aron.
Y vay vous ou prouver en rapportant l'Hiſtoire,
Do premer do Paſtoux qui vent dans ma mimoire.
Crefpin met quielle Hiſtoire au Livre do Martyrs ; (c)
Gl'écrit qu'à *Meaux* do gens pleins de Sacré deſirs,
Deteſtant dans lour cœur les Erreurs do Papiſtre ;
Arreſtirant entre-eux dd ſe faire in Miniſtre.
La Compagnee eſtet de cinquante Cardoux,
Qui d'in commun accord creïrant pre Paſtoux ;
Piere le Clerc , Cardoux, homme de bén , habile ;
Ly donnirant pouvoir de prêcher l'Evangile,
Et quio d'adminiſtrer auſſi les Sacrement.
Mon Pere vous vequy le bea commoincement,
Qu'éut au Siecle paſſé l'Huguenotrie en France.
Piere le Clerc, Cardoux, digne de Reverence,
De la Religion fut le premez Paſtoux :
De quio l'homme de bén gle ſont vengu tretous,
Diſez me eſtet-o Dieu qui contre les Papiſtre,
Suſcitit de nouvea quio l'habile Miniſtre ?
Eſto le ſaint Eſprit qui fit quio bon Paſtoux ?
Ou ſi ſa Miſſion vent de quiellez Cardoux ?
Vous ne répondez ren ? Ha ! vous penſez peut-eſtre
Que quio nouvea Paſtoux paſſit pre la Feneſtre,
Pr'entrer dans le Troupea tout ainſi qu'in Larron,
Et qu'itau gne fut point appellé comme Aron.
Ou ſi vous le prenez pre Paſtoux legitime,
Pre gouverner l'Egliſe & prendre ſon regime,

(a) *Ioan.* 10. *v.* 1.   (b) *Heb* 5. *v.* 4.
(c) *Lib.* 4. *page* 170.

Vous créez quio Cardoux tout plein do saint Esprit,
Pouvez-vous crere quieu sans ou trouver pr'écrit ?
In Cardoux fait Pastoux pre do gens de sa forte,
Esto quieu quy passer au Troupea pre la Porte ?
Ha ! qu'o faset bea ver les gens de vetre Loy,
Consulter quio Cardoux sur les points de la Foy.
La bouche du Pasteur de Science est la garde. (a)
Mais quielle de quioquy se trouve en ses escardes,
Véquy donc vetre Eglise en son commoincement.
Peusqu'a commoincé itau fazez me ver comment
Quielle Eglise itau faite estet universelle ?
Y vous prouvray bém mé, qu'a l'est toute nouvelle,
Que Luter & Calvin sont les deux suscité,
Qui d'abord en firant l'universalité,
Luter fut le premez qui reformit l'Eglise,
Qui se trouvit d'abord seul dans quielle entréprise,
Itau gle fut in tems de Dieu tout le Troupea,
Fut Oüaille & Pastoux, n'esto point quieu nouvea ?
Ver l'Eglise de Dieu dans sa seule Persónne,
Troura-t'on soubz le Ciel do gens que quieu n'estonne ?
Quio Moine deffroqué, quio verra, quio gros Louc,
In temps, de Iesus-Christ fut le Troupea tout souc,
Calvin vinguit après au malhour de la France,
Qui do Maître Luter corrigit la Creance.
Queiz deux homme éclairez tous deux do S. Esprit,
Pre reformer l'Eglise ont lour dit & dedit,
Le S. Esprit les guide & n'en peut estre Maître,
Luter maudit Calvin & l'envoye au bois paistre,
D'ailloux contre Luter Calvin de son cousté
Le traite d'ignorant & d'Asne desbasté,
Et sur le Sacrement le declare Heretique,
Itau quiez deux Marchands remplissant lour boutique
De reproche, d'outrage, & d'autre compliment,
Qui ne s'accordant guerre à lour saint mouvement,
Chaquin d'eux dit que l'autre entend mal l'Ecriture.

(a) *Malac.* 2. v. 7.

Chaquin d'eux reprend l'autre, & l'accable d'injure,
L'in & l'autre se vente & dit incessamment
Que gl'at do saint Esprit tiré les sentiment,
Quiez Sentiment pretant sont ben souvent contraire,
Le saint Esprit peut-eil faire une telle affaire?
Voil, icy pre Luter, lez, pre les Huguenau
Gle souffle de sa bouche & le fret & le chau,
Dieu peut-eil estre itau si contraire à l'y-même?

IONAS.

Y vé quy de l'aubour, ou quoque stratagéme,
Sans doute nos Pastoux sont trompoux ou trompé,
Mas malhoux pre quiellez que gl'arant attrapé.
Y se tant allarmé sur quieu que tu prepouse,
Qu'y m'en vay dés à neut Examiner les chouses.

EGLOGUE III.

DE L'ASSURANCE DU
Salut, & des Commandemens
de Dieu.

IVDIT, LEA.

IVDIT.

Peusque y vous trouve icy ma chere & bonne Tante,
Y veil vous faire part d'in fait qui m'épouvante,
Vous sçavez que nos gens avant tretous promis,
Dans l'espace d'in mois sans qu'oset plus remis,
D'aller se faire instruire & d'estre Catholique,
Beacot de nos vezin en sont mérancolique,
Si gl'y vont la plus-part, o l'est coussy coussy,
Mon pauvre cœur d'abord en souffrenet aussi,
Pr'aller jecqu'à l'Eglise o me coustet cent poine,

Y ne

Y ne pouvez souffrir de Prestre ny de Moine.
Mas men esprit avoure in poy meil assuré,
Ecoute sans façon quieu qu'o dit le Curé,
Y goute ses Sermon, y z'y pense, y rumine,
Mas, à dire entre nous, son étrange Doctrine
Me trouble la cervelle & m'eponte si fort,
Que ma poine est ègale aux douloux de la Mort.

L E A.

Qu'a-teil preché, Iudit, qui si fort t'épouvante,
Quieu qu'o disant queiz gens jamois ne me tormente,
Pre mè dès ma jeunesse instruite comme y sè,
Y sçay quieu qu'o fault prendre & quieu qu'o fault laissè.

I V D I T.

Y ne crè pas pre mé qu'un homme & qu'une femme
Quand gl'ont in poy de soin do salut de louz ame,
Peuchant ren rejetter do paroles de Dieu.
O l'est quieu qui m'estonne & qui mé donne lieu
D'appurer quieu qu'o dit le Curé dans l'Eglise,
Gle préche qu'o fault ben que chaquin se conduise
Sur le fait do salut, en crainte & tremblement, (a)
Et qu'on det observer tous les Commandement, (b)
Si l'on veult queque jour aver part à la vie,
La voye en est estrete, à l'est de poy suyvie, (c)
Mas la porte qui mene à la predition
Est regorgeante en gens de toute Nation,
Qu'in Chrétien det toûjours, à quieu qu'o dit quio Prêtre
Se tenir en estat & tout prest à parestre
Au Iugement de Dieu quand n'y srans tous cité,
Et pre quieu qu'o faul vivre en toute Sainteté.
Que Saint Paul écrivant à quiellez de Corinte,
Leur recommande en tout une conduite sainte, (d)
Disant que les Larrons, impudiques, envieux,
Yvrognes, médisans, mols, avaricieux,
Et toute la maudite engeance de Sodome.

(a) *Philip* 2. *v* 12. (b) *Mat.* 19. *v.* 17.
(c) *Mat.* 7. *v.* 13. *& 14.* (d) 1. *Cor.* 6. *v.* 10.

C

Sont ennemy de Dieu, privé de ſon Royaume.
Et Saint Iean dit ailloux que tretous les mentoux,
Comme les Idolatre & les empoiſonnoux, (a)
Arant pre lour partage in eſtang, in grand gouffre,
Tout embrazé de feu, tout allumé de ſouffre,
Le Curé fait ſur quieu le Portrait de l'Enfer,
Et ſans aller jetter mille parole en l'air,
Qu'on cherche queuque ſé pr'en imprimer la crainte,
Gle prend toute les preuve en l'Ecriture Sainte.
Sur quieu gle nous exhorte à veiller ben ſur nous,
Nous tenir ſur nou garde, attenir tous les joux,
Le grand iour du Seigneur, terrible & redoutable
Quieu me donne, ma Tante, une peine effroyable.

L E A.

Que t'es ſotte ma Nece, & que t'as poy d'eſprit
De t'arréter à quieu que quio Curé vous dit,
Si tu poſſedez ben le fond de la Creance,
Do vrays predeſtinez do Reformez de France,
Tu ſçarez que la poux qu'on te donne ſur quieu,
Vent do gens qui jamais n'avant ben connu Dieu.
Gle ſe fiont tretous deſſus lous bonnes œuvre,
Qui ſont moings devant Dieu que do crotte de Cheuvre
Quieu ſont de faux moyens pre mener dret au but
Laiſſons quiellez Romains trembler pre lour ſalut,
Nous que la ſeule Foy pre jamais juſtifie ; (b)
Peuſque in juſte ne peut la perdre de ſa vie,
Et que Dieu nous la donne à voure & pre toûjours
Faut-o pre nous ſauver chercher tant de deſtours
Si t'avez veu Iudit la Doctrine ſublime.
Do Dimanche dix-neuf de netre Cathechime,
Quieu te fret mépriſer les Papiſtres trembloux,
Comme gens qui ſur tout ne ſont que dos habloux
Lis quieuqui qu'on fait dire au Dimanche treiziéme
Tu veras s'o fault craindre au Iugement extreme.

(a) *Apoc.* 21. v. 8.
(b) *Conſeſ. de Foy Art.* 20. & 21.

(Dont pr'éponter les gens, le Curé fait grand brut)
Peuſque Chriſt n'y vendra que pre netre ſalut.
Quieuquy fait ver la Foy de tretous nou Miniſtre
Dont le moinde en ſçait mas que cent Doctoux Papiſtre
Et que comme on remarque au lieu qu'y l'ay cité,
Netre ſalut eſt fait de toute Eternité.

I V D I T.

Le Curé prêche auſſi contre quio Catechime,
Gle dit que ſa Doctrine authoriſe le caime.
Sans ceſſe tranſgreſſer la Loy de l'Eternel,
Et crere en faſant quieu qu'on ira dret au Ciel;
O l'eſt s'armer dit-eil, de vaine confience,
Prevenir ſon eſprit d'une fauſſe creance,
Peuſque ren de ſoüillé n'irat en Paradis. (a)

L E A.

Mocque te do Curé prens ben quieu qu'y te dis,
L'Eternel plein d'amour ſe rendret ben terrible,
Si gle nous obliget à faire l'impoſſible.
Tu ſçais que nul ne peut garder parfaitement,
Euſt-eil le ſaint Eſprit, les ſaint Commandement;
Le Catechime ou dit, la Doctrine eſt certaine,
Quieu s'apprend aux enfans qu'on inſtruit pre la Cene;
Nous nous ſauvrans donq ben, & ſans tant nous pener,
Sur les difficultez qu'on veult s'imaginer.

I V D I T.

Arreſtez-vous in poy ſur quieu, s'ou plaiſt, ma Tante,
Et ſouffrez qu'en paſſant mon eſprit ſe contente,
Le Curé l'autre jour prêchant ſur quio ſujet,
Blàmet quio Catechime & même s'engaget,
De faire ver tout clair dans la ſainte Ecriture :
Que quieu n'eſt que blaſphémé & que pure impoſture,
Choquer le ſaint Eſprit, le prêcher impuiſſant,
Eſt-ce in dogme Chrétien, eſt-ce in dogme innocent?
Saint Paul dit, en prenant la Reforme à partie, (b)
Ie puis tout en celuy qui mon cœur fortifiet

(a) *Apoc.* 21. v. 26.   (b) *Philip.* 4. v. 13.

C ij

Le Sauveur dit-il pas, en nous parlant à tous,
Que sa charge est legere, & que son joug est doux. (a)
Choquer Dieu dans sa Loy, la prêcher impossible,
Qui peut rien dire pis ny qui soit plus terrible ?
Le publier cruel d'un air exagerant,
Au lieu d'un Souverain s'en forger un Tyran,
Et le tout à dessein d'authoriser le vice,
Peut-on semer un Dogme avec plus d'injustice ?
Etablir ce mensonge & sans authorité,
Se venter hautement qu'on dit la verité,
Et qu'on ne prêche rien que la pure Ecriture,
Peut-on s'imaginer de plus noire imposture ;
Tracer la voye au Ciel sans observer la Loy,
N'est-ce pas se croiser contre la bonne Foy,
Que chacun doit avoir en ce que dit le Maître ?
Qu'on lise en saint Mathieu, nous fait-il pas paroître,
Que d'aller dans le Ciel on ne peut seurement,
Qu'en observant en tout son saint Commandement.
Si Dieu damnoit celuy qui ne le pourroit faire,
En cela Dieu seroit à soy-même contraire.
Ma Tante vous véquy quiçu qu'o dit le Curé,
Y ere que gne dit ren qui ne set assuré.
Sa Doctrine est pressante, à l'est sainte & solide,
A mene dret au Ciel pre la plus seure guide.
Peusqu'o l'est in gardant les Loix exactement,
Et fafant son salut en crainte & tremblement.

(a) *Mat.* II. *v.* 30.

EGLOGLE IV.
DE LA TRADITION.

PHILBERT, SALOMON.

PHILBERT.

Y Creez Salomon que fans nulle replique,
  Tu te rengerèz ben-toſt premy les Catholique !
Quand tu preſtez l'oreille avec attention,
A quieu qui te diſez pre ta Converſion,
Mas y n'en cré plus ren, qu'eſt-o donq qui t'empêche,
Y ne ſçay pas pre mé s'o ne ſont quiellez prêche.
Que t'alez ſi ſouvent oyre de tout coſté :
Sont-o quiellez Préchoux qui t'avant deſgoſté,
De venir avec nous prier Dieu dans l'Egliſe ?
Si tu fais tant d'eſtat de queiz jacquette griſe,
Qui dans le Teſtament ne ſavant qu'anucher,
Que fret-o donque au prix ſi t'entendez prêchér,
Nou Curé, nou Paſtoux, qui diſant do merveille,
Et ſçavant contenter, & le cœur & l'aureille ?
Non pas vou barboüilloux, Potet, Erault, Quintard,
Qui vous ont fait courir à la Touche Poupard,
A Bois-ragon, à Drez, & jeque au Bois de Celle,
Et quiellez de la Vergne in quart de lieu de Melle,
Les Habitans de Salle ont in failly-Marchand,
Qui ſans aller ben loing, prêche & leve le chant,
Gn'ont qu'antrer au Iardin do Zelé-Fontenelle,
La parole de Dieu s'y prêche en quinquenelle.
Quieu fait que les Papau raillont à découvert,
Do ce que vou Paſtoux portant le Bonnet vert,
Heureux Paſtoux, font-eil, qui repaiſt & qui poye,
Brebis & creancez de la meſme monnoye.
Do Paſtoux comme quieu vous n'avez grand ſoulas,
Sans vous nommer, Tavert, Bonnet & Nicolas,

On n'en conte beacot tant d'homme que de seille;
Tous portant la Iaquette & do Robe à guencille,
Qui vous menant à Praille, à la Fousse à Torsânt,
Au Bois de l'Hermiten . ou mois de quatre cent,
S'assemblirant in fer pr'ecouter la Courouse,
Si connuë en tout poïs Robine la Préchouse.

SALOMON.

Dise quieu qu'on vedrat quieille feille en tout lieu;
Sçarat toûjours prêcher la parole de Dieu.

PHILBERT.

La parole de Dieu det-elle estre preschée
Pr'ine bouche profane & pr'ine débauchée?
Remarque Salomon quieu que saint Paul. a dit, (a)
Que les femmes se taise, ô loux est interdit,
A toutes tant qu'a sont d'enseigner dans l'Eglise. (b)
Quieu nous fait donq ben ver qu'o l'est pure sottise;
D'aller toute la neut , de courir en Lutin ,
De faire do fix lieu pr'entendre une Catin.
Mas si t'estime tant quieille bonne cervelle,
Et qu'a preschet si ben , disme, que diset-elle.

SALOMON.

Dés la premere neut vous vequy comme a fit;
A fit chanter d'abort in Pseaume de David,
Peu quemoincit aprés pr'ine longe priere ;
Ensuite à nous pr'échit de terrible manere;
Maudissit les Papistre avec la Papauté,
A dssit que loux fait n'est que déloyauté;
Qu'abus , qu'hypocrisie, & pure idolatrie,
Dost le Diable a remply toute nestre Patrie.
Qu'o selet renoncer à lous Tradition,
Comme autant de sujet d'abomination.

PHILBERT.

Ah ! qu'à sçait ben prêcher, la bonne Creature!
Sans doute à la pris quieu dans la sainte Ecriture,
Qui l'anime aprés nous d'in air si furieux?

(a) 1. *Cor.* 14. *v.* 34.   (b) 1. *Tim.* 2. *v.* 12.

Ou ben fon faint Efprit eft Monfu furieux,
Qui ne parle jamais de l'Eglife Romaine,
Sans la nommer Payenne, Impie, Antichrétienne.
Quio Prophete guindé, quio l'Ange, quio Demon,
A quielle fainte feille infpire quio Sermon.
Gle l'oblige à erier, gle l'excite & l'attife,
Sur les Tradition qu'on admet dans l'Eglife.
Mas fi faint Paul prefcript quiellez tradition?
Si gle les recommande avec affeétion?
Comme ô fe vet au clair dans fa feconde Epitre,
Aux Theffaloniens dans le fecond Chapitre, (a)
Les peut-on contefter après quieu furement?
Vou gens avant mis qu'y le mot d'enfeignement,
Afin de nous fruftrer de quio naturel terme.
Mas fur lour nouvea mot y raifonne & tens ferme.
On n'a qu'ouvrir les œil pre vere evidemmen,
Que faint Paul parle iquy de deux enfeignement,
L'in eft par fa parole, & l'autre par fa Lettre,
Quielle diftinétion nous peut-elle permettre,
De douter nullement que faint Paul ait prefcript?
Qu'on ne det retenir que ce que gl'at écrit?
Au contraire faint Paul commande à même titre,
La parole prefchée & quielle de l'Epitre,
Appelle enfeignement fellon ta Verfion,
La parole prefchée & la Tradition.
Sans la Tradition crerez-tu le Symbole?
Sans la Tradition trouras-tu la parole
Qni té peuche affurer touchant tes Sacrement?
Iamais quio mot ne fut au Nouvea Teftament.
Iefus après fouper inftituit la Cene,
On la fafet ainfi dans l'Eglife ancienne, (b)
Et quieuquy dans faint Paul eft tout clair & certain,
Mas la Tradition l'a fait faire au matin.
Dieu de tretoux les joux commande le feptiéme,
Sans la Tradition choumrez-tu le huitiéme?

(a) *Verfet* 15.　　(b) 1. *Cor.* 11.

Le mot de Trinité, quio d'Incarnation,
Les trouras-tu tous deux fans la Tradition ?
Sans la Tradition dis mé, pauvre infenfible,
Comment queneûtras-tu que la Bible eft la Bible ?
Sans la Tradition, répons naïvement,
Comment queneutras-tu le Nouvea Teftament ?
Comment difcernras-tu les vrays Evangeliftes
D'avecque quielles-quy qui ne font que Copiftes ?
Iurras-tu ben que Marc, Lucas, Iean & Mathieu
Ont le pur Evangile & parole de Dieu ?
Que quio de Mathias fe fupprime & fe biffe,
Et que quio de Thomas eft in Livre Apocrife ?
Salomon fras-tu ben quielle diftinction,
Si tu n'as le fecours de la Tradition ?
Les feuls Ecrits de cinq entre les doze Apôtre,
Sont venus jeque à nous, n'ont-o ren fait les autre.
Créras-tu ben qu'André, Brethelemy, Simon,
N'ont jamais enfeigné, n'ont fait pas in Sermon ?
Gl'eurant droit de precher à toute Creature,
Ben qu'on ne life ren de zeux dans l'Ecriture.
Le Seigneur lour prefcript à tous d'Endoctriner,
Sans lour dire à pas in d'ecrire & de figner.
Si gl'ont endoctriné, montré mé lour Doctrine,
Pre n'eftre point écrite eft-elle moins divine ?
L'Eglife a confervé tout ce que gl'avant dit,
Et le baille auffi feur que s'o l'eftet écrit.
Où tretous les Apôtre ont prefché l'Evangile,
Où grand nombre d'entr'eux det paffer pr'inutile,
On ne peut dire quieu fans faire in grand peché,
O fault donq affurer que gl'ont tretous prefché,
Et que quieu que gl'ont dit venant de loux perfonne,
Sont les Tradition que l'Eglife nous donne.
Ce que l'Eglife admet fort unanimement,
Dont on ne peut trouver le vray commencement,
Doit fe croire introduit défle temps des Apôtres,
Le grand faint Auguftin, après plufieurs des autres,
Ecrit cette maxime en l'Epitre à Ianvier.

E

En tant de faints Docteurs, doit-on pas fe fier ?
Plûtôt que au dernier temps dans une troupe immonde
D'Apoftats apoftez pour abufer le monde ?
Mas allons plus avant, veftre Docteur Calvin,
Qui paffe premy vous pr'in homme tout divin,
Dit durant cinq cens ans que l'Eglife eftet pure ;
Si donq, dans quellez temps outre fon Ecriture,
A s'attacher encore à la Tradition,
Preque avoure y fait-on tant d'oppofition ?
Dés le temps qu'en le monde on préchit l'Evangile,
Avant qu'on eût tenu les quatre grand Concile,
Que tretous vou Miniftre approuvant comme nous,
Dans quellez tems que Claude appelle Siecle heuroux,
Dés l'houre on pratiquer tretoute les Coûtume,
Sur qui veftre Critique en quiettez tems s'allume.
Dés l'houre on recevet quiellez Tradition,
Que vou gens font paffer pre fuperftition.
On vet que dés quio temps premy les Catholique,
On invoquet les Saint, honoret loux Relique, (a)
On vet que dés quio temps on priet pre les morts, (b)
On difet pr'eux la Meffe, on prechantet loux corps,
On avet dos Autels pr'offrir le Sacrifice. (c)
Fault fur l'Antiquité fe trouver ben novice, (d)
Pre refufer de crere à quiellez verité,
Peufque entre vou Doctoux les plus accredité,
En fondant les Ecrits do Pere de queiz âge,
Difant que de queiz faits gl'ont mille témoignage.
Blondel, Bourgoin, Daillé, les Centuriateurs,
Qu'on ne peut foubçonner fur quieu mauvais Autheurs,
Sont de bon caution de tout ce qu'y t'avance ;
On lour det fur quieuquy de bonne recompenfe.
Gl'ont travaillé pre nous penfant travailler pr'eux ;
Avant que gl'euffant eu quio deffein curieux,
De chercher jeque au bout la Doctrine des Pere,

(a) *Origene.* (b) *S. Cyp.*
(c) *S. Aug.* (d) *S. Iren.*

D

O nous felet aver Biblioteque entére,
Porter fur tous les temps nou application,
Pre ben juſtifier que nou Tradition,
Dés le temps dos Apôtre avant ogu lour ſource,
O felet pre quicuquy faire une longe courſe.
Mas vos meilloux Miniſtre en nous oſtant queiz ſoing,
Nous velont ben ſervir eux meſme de témoing,
Gl'avant trouvé pre nous qu'en le Siecle deuxiéme,
On obſervet deja le jeune do Caréme,   (a)
Qu'on donnet dès quio temps la Confirmation, (b)
Que pr'aver do pechè loux abſolution,
Les Pêcheurs Pènitens alloient tous à Confeſſe, (c)
Que pour vivans & morts on celebret la Meſſe,
Qu'on faſet queme nous, le ſigne de la Croix, (d)
Et qu'au Temple on peignet dès lors quio ſacrè Bois,
Qu'on y peignet auſſi toute ſorte d'Image ; (e)
N'en vequy-to pas prou, t'en faut-o davantage,
Pre te faire ver clair que la Tradition,
Que l'Egliſe conſerve avéc devotion,
Nous vent de moen en moen dès le temps dos Apôtre?
Peuſque entre vou Doctoux les plus ſavant dos autre,
Ne pouvant s'empeſcher d'en demeurer d'accord,
Sçache donq Salomon que Iurieu t'endort,
Quand uſant contre nous d'expreſſion outrée,
Gle dit que les Romains ſavant donner entrée,
A cent ſorte d'Erreurs & de corruption,
Par le Dogme importun de lour Tradition.
Hè ! que n'allet-eil donq ſi quio Dogmè incommode,
Dès le temps dos Apôtre en dècrier la mode?
Peuſque Calvin vous dit que dans les premez temps,
L'Egliſe a reſté pure, & juſqu'à cinq cens ans,
L'Egliſe n'avet ren contraire à l'Evangile.

(a) *Magd. c. 2. c. 6.*
(b) *Daillé Lib. poſtu. de Cultib. Latin. Lib. 2. p. 108.*
(c) *Magd. c. 3. c 6.*   (d) *Magd. ibidem.*
(e) *Magd. ibidem.*

vant ny dans le temps do quatre grand Concile ;
ependant a faſet tout ce que n'avans dit,
t prechet quiellez Dogme écrit & non écrit.
Quiellez Concile ont veu tout quicuquy dans l'Egliſe,
Gl'ont tout laiſſe paſſer ſans l'en aver repriſe,
Gl'avant donq approuvé tout ce que n'avans dit,
Tout ce que n'avans dit vent donq do ſaint Eſprit ;
a Tradition donq eſt la ſeure Doctrine,
Que les Concile meſme ont reçeu pre divine.
Que dis-tu donque à quieu mon pouvre Salomon ?
reras-tu Iurieu, Robine & ſes Sermon ?
Meil que tu ne creras quiellez premez Concile ?
Sras-tu ſur ton ſalut d'une ame ſi tranquille,
Que de deferer tout au dire à tes Paſtoux ?
Et ben qu'au prémez Siecle on crejet comme nous,
Creras-tu ben ſi fort loux feuble conjecture,
Qui dit que l'on ne crejet alors que l'Ecriture,
Que tu ne donne ren à la Tradition,
Dont tes Miniſtre meſme ont été caution ?

S A L O M O N.

Y vé qu'o fault en tout deferer à l'Egliſe,
A l'at la verité ſans elle on la déguiſe,
Qu'y ſe content de vous charitable Philbert,
Vous m'avez fait ver clair, vous m'avez découvert
Le moyen d'aſſurer ma pouvre conſcience.
Qui vedret raiſonner ſellon les conſequence,
Que chaquin peut tirer do dire à nou Paſtoux,
Nulle Religion n'aret credit ſur nous.
O l'eſt facile à ver, ſellon neſtre maxime,
Toute Tradition paſſe chez nous pre crime,
Itau les grand Concile & loux deciſion,
Ne ſont à tout tirer que do Tradition ;
Gne ſont pas l'Ecriture, ô l'eſt facile à vere,
Pre que velant-eil donq m'obliger à les crere ?
Dans le Siecle paſſé, Calvin, Baize, Luter,
Bucer & Melancton, Quemnit & Vitaquer,
Affilirant louz lengue & louz plume outrageante,

Pre décrier en tout le Concile de Trante?
Louz raison principale est qu'en ses session,
Gl'accommodet ses Dogme à la Tradition.
Preque creray-zy donq quiellez premez Concile,
Qui sur la mesme chouse ont éte si facile,
Que la Tradition que gl'ont eu dos ayeux,
Gle l'ont laissé passer jeque au derrez néveux?
Quiellez Tradition sont do temps dos Apôtre,
Comme ô lant déclarè les plus savant do nôtre.
Si queiz Concile donq ne les ont retranché,
Gl'ont Erré, sellon nous, & fait in grand peché;
Et lour Doctrine en quieu n'est dé ren moings choquâté,
Que quielle qu'o content le Concile de Trante.
Si gl'ont manqué sur quieu gl'ont peu mâquer d'ailloux,
Peusque qui peche en un, peut ben pecher en tous.
Si l'on raisonne itau, commeat les det-on crere?
Mois y pense en quieuquy, mois ma foy s'en empere,
Si Nicée a mal fait condamnant l'Arien,
N'aray-zy pas raison d'estre Socinien?
Vn Macedonien nous dira qu'il s'offense
De ce qu'on a mal pris sa Doctrine à Byzance,
Le Concile d'Epheze est au Nestorien,
Quieu que Trante est à nous, ô l'est-à-dire ren,
L'Eutichien se regle à quio de Calcedoine,
Comme nous aux avis & do Prestre & do Moine,
Tretous queiz Heretique ont ogu loux raison,
Que l'Ecriture entr'eux lour donnet à foison.
Peus-zy pas donq comm'eux dire que les Concile,
Ont prononcé contre eux dos Arrest inutile.
Et douter sur quieuquy s'y fray Nestorien,
Ou Macedonien, ou ben Eutichien.
Vequy voure ô me met le Dogme qui m'assure,
Qu'on ne det pre sa Foy crere que l'Ecriture,
Et que quand on defere à la Tradition,
O l'est courre à grand pas à la corruption,
Mas y sè convaiccu que de poux de surprise,
L'on det marcher tout dret au chemin de l'Eglise.

EGLOGUE

EGLOGUE V.
DE L'EUCHARISTIE.

ISAC, CYPRIEN.

ISAC.

Y Sçay ben Cyprien que vous vous pleignez fort,
De beacot de nou gens qui sans doute ont grãd tort,
De venir tous les jours chez vous se faire instruire,
Sans aver le dessein jamais de se reduire,
A changer la Creance où gl'ont toûjours vècu,
Comben que d'Heresie on les ait convaincu.
Y sens que mon esprit est dans ine autre assiette,
L'interest do salut me mene & m'inquiette.
Y cherche à me sauver quio seul desir m'emeut,
O l'est donq pre quieuquy qu'y vens vou vere à neut.

CYPRIEN.

O ne fault pas penser, Maître Isac, qu'y m'ètonne,
Si mes instruction gagnant poy de personne,
Y queneus le genie & l'esprit de vou gens,
Les plus simple d'entre eux, se creant plus savans,
Que les plus grands Doctoux sur la sainte Ecriture,
Itau preoccupez bouffis de quielle ensleure,
Gle font, (s'estant armè de contrarietè)
Assault sur le bon sens & sur la veritè.
In Tailleur, in Cardoux, in Cordonney, in Cuistre,
Pourveu que gl'ait en bouche in seul mot de Ministre,
Qu'en toute occasion gle lance comme in dard,
Sans sçaver si gl'est dit à prepous ou d'azard,
Triomphe à son avis, demonte & dèsarçonne,
L'esprit le plus profond de toute la Sorbonne.

E

Quand on veut profiter de queuque inſtruction,
O fault bannir do cœur toute preſomption,
Recourir au Seigneur & d'une ame ſincere,
En toute humilité demander les lumere.
Dieu fait ſa grace à l'humble & confond l'orgueilloux,
La plus part de vou gens ſont do gens Sorceilloux,
Dont pr'expliquer le ſens do divine parole,
Chaquin de ſon eſprit ſe ſçait foire une Idole,
Chaquin de quiellez gens adore ſon eſprit,
Et cret dire & penſer comme Dieu penſe & dit,
Chaquin de quiellez gens interpretant la Bible,
Comme inſpiré de Dieu ſe cret eſtre infaillible,
Gle penſe penetrer l'Ecriture & ſon ſens,
Meux que tous les Doctoux depus quinze cens ans,
Donne ſur tous les points ſans écouter l'Egliſe,
Sa reſolution comme choſe deciſe.
De la ſainte Reforme in ſeul particuler,
Brave tous les Concile & cret vere plus cler,
Ainſi ſans une grace abondante & tres-forte,
L'on ne peut ren gagner ſur do gens de la ſorte.
A zeux dont comme aux Iuifs, ſaint Eſtenne lour dit,
Cœurs durs vous reſiſtez toûiours au ſaint Eſprit.

ISAC

Y vens icy pre mé d'in cœur dret & ſincere,
Vous prier de m'inſtruire & donner do lumere,
Et m'eſtant dégagé de ma prevention,
Y vous dis franchement ma reſolution,
qu'y me fray dés à neut Catholique & ſans peine,
Si vous me faſez ver qué dans la ſainte Cene,
L'on y prend le vray Corps & Sang de Ieſus-Chriſt,
Y ſé preſt ſur quieuquy d'en donner mon écrit.

CYPRIEN.

Luter quio grand Doctour quio rare & quio S. hóme,
Luter qui le premer a fait la guerre à Rome,
Luter que Iean Calvin, & Baize & Dupleiſſis,
Loüant dans loux Ecrits en terme ſi precis,
que gle le font aller do pair avec les Anges,

Sans crere fur quicuquy trop outrer lour loüange ;
Luter iufqu'à la mort crut la Realité,
Et la prefchit toûjours comme une verité.
Tous les fens la creant encore en Allemagne ;
Penfez-vou que fur eux veftre party le gagne ?
Luter fellon vou gens fut infpiré de Dieu,
On det donc reverér fa Doctrine en tout lieu.
Cependant Carloftat, Zuingle, Ecolampade,
Sur lour Maître Luter, firant iné efcapade,
Et fans veler plier foubz fon authorité,
Ly firant-in procez fur la Realité.
Calvin venguit aprés dans la mefme difpute ;
Que front-o quiellez chens de differente mute ?
Creez vous ben qu'entre eux jamais gle s'accordant ?
Non non, gle fe jappant, fe grondant, fe mordant,
Se fafant mille affrons, fe chantant mille injure,
Les ins au Sacrement, n'y trouvant que figure,
Les autre fe tenant à la Realité,
Chaquin avec chaleur combat de fon cofté.
Calvin venant fur quieu met au jeu fon épingle ;
Mas gn'eft pas tout-à-fait do Dogme de Zuingle ;
Le party de Luter ne le peut contenter,
Gle cherche ainfi qu'eux deux, la gloire d'inventer.
Quio l'efprit orguelleux, & quielle ame hautaine,
Vet forger de fon chef une Erreur fur la Cene,
Qui ne pouvet venir d'in autre que de ly ;
Gle l'a tant fait veler, que gle l'at eftably.
Peut-on imaginer Dogme plus incroyable,
Ny que les gens d'efprit trouvant moings foûtenable ?
Etant enveloppé de contradiction,
Malgré tous fes efforts d'imagination.
Voyez le ridicule où ce Docteur s'enferre ?
Le Corps de Chrift, dit-il, eft au Ciel non en terre ;
Il ne peut eftre enclos au pain du Sacrement ;
Cependant il s'y mange, & veritablement, (a)

(a) *Art. de Foy* 36.

Nous nous y repaiſſons de ſa propre ſubſtance :
Sçaret-on ren manger qui ne ſoit en preſence ?
Si comme diſet Beze au Colloque à Poiſſy,
Le Corps de Chriſt au Ciel, ne peut pas eſtre icy ?
De dire qu'on l'y mange, ô l'eſt ſe contredire :
Qui pourret ſur quieuquy dire ren qui fut pire ?
Vous diſez quieu pretant dans la Confeſſion,
Et vous creez d'in corps la manducation,
Auſſi d'iſtant de vous que le Ciel de la Terre ?
Queu party prendrez-vous Iſac, dans quielle guerre ?
Quiellez gens s'accordant itau que chens & chat.
O vous fault donq paſſer dans in meillour combat,
Embraſſer pre jamais l'Egliſe & ſa Doctrine,
Comme ſeure, conſtante & ſolide, & divine.
Elle a toûjours preſché qu'on prend reellement,
Le Corps & Sang de Chriſt dans le ſaint Sacrement,
Y croit ſi fortement la Divine preſence,
Qu'il n'y reſte du Pain, que la ſeule apparence,
La preuve en eſt entiere au Nouveau Teſtament,
Dans ſaint Iean le Sauveur nous dit formellement,
Que ſa Chair eſt viande, & ſon Sang vray breuvage,
Pour nous le faire croire en faut-il davantage ? (a)
Il promet de donner & ſon Sang & ſa Chair,
La promeſſe eſt expreſſe, eſt-il rien de plus clair ?
En trois autres endroits, on void qu'il l'effectüe, (b)
Ce qu'on allegue contre, eſt donc une bevüe. (c)
Ieſus promet & donne, il le dit clairement, (d)
En ſçauroit-on douter, ſans preſumer qu'il ment ?
Il n'eſt point de Chrétien qui faſſe un tel blaſphéme,
Qui n'eſt qu'un avorton de l'impieté même,
S'il nous promet ſon Corps par un Serment divin,
Quelle fidélité ſi ce n'eſt que du Pain ?
Si dans ſon Teſtament il uſe d'équivoque,
Ne peut-on pas juger qu'il raille & qu'il ſe mocque ?

(a) Ioan. 6. v. 50.   (b) Mat. 26. v. 26.
(c) Marc 14. v. 22.   (d) Luc 22. v. 19.

Vous voyez donc Isac, où vos gens sont réduits,
Vous donnant leur Doctrine, ils vous donnent du buis,
Depuis quinze cens ans la verité perie,
Attendoit Iean Calvin pour luy donner la vie,
Afin qu'executant l'Ordre du saint Esprit,
Il nous privât du Don, que nous fit Iesus-Christ,
Et qu'alterant ses mots par une clause indigne,
Au lieu de son vray Corps, nous n'ayons que le signe,
Christ, dit-il, qu'en la Cene on le reçoit par Foy.
S'il ne l'a jamais dit, Calvin le prend sur soy,
Quittez donc-là Calvin, & sa glose mondaine,
Et venez avec nous chercher une autre Cene.

ISAC.

'Y trouve dans saint Paul qu'en quio sacré Festin,
Quieu qu'on donne à manger est appellé du Pain.

CYPRIEN.

Consultons donc saint Paul, entrons dans son Ecole,
Et prenons d'un bon sens son dire & sa Parole.
Iesus-Christ dans S. Iean nous dit qu'il est un Pain, (a)
Pain descendu du Ciel, Pain vivant, Pain divin.
Si saint Paul nomme Pain, un Pain de cette sorte,
Croyez-vous entre nous, que sa parole emporte,
Qu'en la Communion nous n'ayons que du Pasn?
Il faut estre animé de l'esprit de Calvin,
Pour donner à saint Paul ce sentiment profane.
Iesus-Christ comparant son Pain avec la Manne,
Que mangeoient autrefois au Desert les Hebreux,
Dit que ce premier Pain tombant du Ciel pour eux,
N'eut point de qualité qu'on pût dire immortelle, (b)
Mais que son Pain conduit à la vie Eternelle.
Quieonque, dit saint Paul, en mange indignement,
Va contre son salut, mange son jugement,
Qui mange de ce Pain, sans que la Penitence, (c)
Ait de tous ses pechez purgé sa conscience,

(a) *Ioan.* 6. v. 51.   (b) *Ioan.* v. 59.
(c) I. Cor. II. v 27. & 28.

Eſt coupable du Corps & Sang de Ieſus-Chriſt.
Voilà-donc, Maître Iſac, ce que ſaint Paul écrit.
Ce qui change d'eſtat & même de nature,
Retient ſon premier nom ſouvent dans l'Ecriture;
Et la Verge d'Aron convertie en Serpent,
S'appelle toûjours Verge, ainſi qu'auparavant. (a)
Le Pain au Sacrement n'eſt Pain qu'en apparence,
Nôtre Foy nous apprend qu'il change de ſubſtance,
Mais s'il s'appelle Pain, ainſi qu'auparavant,
Ce n'eſt plus un Pain mort, mais c'eſt un Pain vivant,

ISAC.

Les paroles de Chriſt qui ſont dans l'Ecriture,
Devant ſellon nos gens s'expliquer en figure,
Quãd gle dit c'eſt mon Corps, quicuquy s'entend, dit-on,
Comme je ſuis le Sep, la Porte, le Lion.

CYPRIEN.

Zuingle, en diſputant ſur le ſens de figure,
Par un ſçavant Docteur fut mis à la torture,
Et ce rude Ioüeur le fit pic & capot,
Quoy qu'il voulut long-temps tourner autour du pot.
Sur quoy, tout deſolé d'un affront ſi ſenſible,
Il s'en va ſur le champ pour conſulter ſa Bible,
Mais n'y rencontrant rien, il ſe couche & s'endort.
Cependant dés minuit, il trouve du renfort,
Vn Eſprit vient, dit-il, qui l'éveille & l'accoſte,
Et luy donne un moyen de ſoûtenir ſon poſte.
Parlant de cet Eſprit, il déclare tout franc,
Qu'il ne ſçauroit juger s'il étot noir ou blanc.
A bien conſiderer d'où luy venoit cette aide,
On connoîtra par là l'Eſprit qui le poſſede,
Le Démon au beſoin viſite ſes amis,
Et leur fournit des dards contre leurs ennemis,
Le Diable pour Luther, le Diable pour Zuingle, (b) (c)
C'eſt pour ces bons ouvriers que ce Pilote ſingle.

(a) Exod. 7. (b) Luther au Livre de la Meſſe privée.
(c) Zuingle In ſubſidio Euchar. tom 2.

Par un si bon Docteur Zuingle est assuré,
D'un passage formel pour le sens figuré,
C'est mon Corps, ce dit-il, s'explique tout de même,
Que ces mots, c'est la Pâque, en l'Exode douzième.
Zuingle secouru par ce puissant amy,
Retournant au combat, n'en fait point à demy,
Fait valoir ces deux Mots contre son adversaire,
Et réduit à son sens tout le party contraire,
Et dans moinsde deux jours, gagne dans ce combat,
Pour le sens figuré, Zuris & son Senat.
Le Diable est donc l'Auteur de ce sens de figure,
C'est par luy que vos gens expliquent l'Ecriture.
Sçauroit-on recevoir son explication,
Sans courre évidemment à la damnation ?
Christ dont le Testament paroît par sa Parole,
N'y parle qu'en figur, Enigme, Parabole,
Il nous legue, dit-il, & son Corps & son Sang,
Ses Ecrivains Sacrez, Docteurs du premier rang,
En recueillant ces Mots, les prennent à la Lettre :
C'est l'explication que l'on a veu transmettre,
Depuis sa Passion jusqu'au Siecle dernier,
Qu'un Calvin, qu'un Zuingle ont bien osé nier.
Mais je raisonne ainsi contre leur insolence :
Si le Don du Sauveur n'est Don qu'en apparence,
Et que mourant pour nous, il ne nous ait legué,
Au lieu de son vray Corps, qu'un Corps sophystiqué ;
Pourquoy n'auroit-il pas expliqué sa pensée ?
Pourquoy voudroit-il voir son Eglise affessée
Sous le poids de l'Erreur pendant quinze cens ans?
Pourquoy voudroit-il voir les Chrétiens ses enfans,
En tous les lieux d'Europe, & d'Affrique & d'Asie,
Dans un culte souillé de pure Idolatrie ?
Ne sçavoit-il pas bien que ce sens literal,
Seroit reçû par tout, comme un sens general ?
Et qu'ainsi ce malheur damneroit tout le monde ?
Ces Apôtres douez de science profonde,
Vn saint Paul, un saint Luc, saint Marc & saint Mathieu,

Nous marquent avec soin, ce que cet Homme-Dieu
Donne en son Testament couché dans l'Ecriture,
C'est son Corps, disent-ils, sans user de figure,
Pourquoy donc maintenant tant de subtilité,
Pour mettre dans les fers la pure verité?
Pourquoy vouloir damner tant d'Ancestres fidéles,
Pour donner dans le sens de deux Esprits rebelles?

ISAC.

Iesus parlant aux douze, ainsi que Luc fait Foy,
Faites cecy, dit-il, en memoire de moy?
Nos Ministres préchant avec toute assurance,
Que le mot de Memoire exclud toute presence.

CYPRIEN.

Ie vous ay remarqué dés le commencement,
Que les Lutheriens prennent réellement,
Le Corps de Iesus-Christ dans le pain de la Cene;
D'où je puis bien tirer cette raison certaine,
Que le Lutherien dans son opinion,
En faisant de sa Mort Commemoration,
N'exclud pas pour cela sa divine presence;
Et comme dés long-temps, les Huguenots de France,
Ne font plus avec eux qu'une Religion, (a)
Et qu'ils ont reconnu que leur opinion,
N'a rien qui du salut puisse empécher les routes, (b)
Consultez leurs Docteurs pour resoudre vos doutes?
Ce qu'ils vous répondront, je le diray comme eux.
Mais sans aller si loin, voyons entre nous deux.
Vn Fils qu'on void souvent aller au Cimetiere,
Et visiter en pleurs le Tombeau de son Pére,
Ne se souvient-il point de ce qu'il fit pour luy?
Qu'il fut tout son support son soûtien, son appuy?
Ne rappelle-t'il point la tendresse infinie,
Qu'eut son Pere pour luy tout le temps de sa vie?
Cét Objet si chery, là present en son Corps,

(a) *Synode de Charenton* 1631.
(b) *Apologie de Daillé.*

Remplit tout son esprit, quoyque parmy les morts.
Ce cas de la Memoire, exclud-il la presence?
Mais allons à des faits de plus haute importance;
Le Sauveur recemment sorty de son Tombeau, (a)
Trouve deux Pelerins s'approchant d'un Hameau,
Les accoste tous deux d'un air doux & traitable,
Ils prennent un Logis, où s'étant mis à Table,
Le Sauveur prend, benit, romp, leur donne du pain;
Selon plusieurs Docteurs, même selon Calvin.
Dans cette occasion, Iesus les Communie,
Tout cela, supposé, la dispute est finie,
Et vous voyez Isac que Iesus ce faisant,
Fait Memoire de soy, quoy qu'il y soit present.
Quand nous mangeons son Corps, la memoire s'applique
Aux douleurs de sa mort, comme S. Paul l'explique, (b)
Nous le mangeons vivant, cependant nôtre esprit,
Se remplit des tourmens que pour nous il souffrit.
Lors que pour nos pechez, il se fit la Victime,
Voilà nôtre leçon, voilà nôtre maxime.
Cette Hostie immolée en expiation,
Est l'Objet éternel de nôtre attention,
C'est ce qu'on fit toûjours dans l'Eglise ancienne,
C'est ce que nous ferons jusques-à ce qu'il vienne.

ISAC.

Mon esprit à present se sent tout éclairé,
Itau, peusque d'abord y vous ay declaré,
Quand y frez convaincu, qu'y restrez sans replique,
Y m'en vay de quiet pas me faire Catholique,
Adieu fausse Reforme, adieu Ministre, Anceu,
Vetre Doctrine & vous ne me frez jamais ren.

(a) *Luc* 24.　　(b) 1. *Cor.* 11. v. 26.

F

EGLOGUE VI.
DE LA MESSE.
SORIN, RABBI.
SORIN.

VOus qui fur tous nou gens, bravé & fage Rabbi,
Tant Paftoux que Doctoux, treluttez en Rubi,
Vous qui n'ignorez ren & qui parlez en Maître,
Chez qui les plus favans venant porter lous Gueftre,
Pr'y poifer loux lumere, itau qu'en loux fouleil,
Y z'y vens à mon tour pre demander confeil.
Vous vejez bonne gens, tous les jours qu'on nous preffe,
Et qu'on veult foire aller tout le monde à la Meffe,
O l'eft ben vray que mé, ma femme, ny mon feil,
Ne pouvans nous refoudre à foire in fault pareil,
N'avons de pere en feil fuccé neftre Creance,
Y fçay que mon grand pere, in jour dans ma prefence,
(Peut ben aver de quieu foixante & quatorze ans)
Contet que gl'avet veu que dans fon jeune temps,
O n'eftet mention que d'une Eglife en France,
La Reforme en quio temps n'avet point pris naiffance,
On allet tout enfemble à fa devotion,
A Matine, à la Meffe, à la Pourceffion,
Mas qu'après ô venguit ine certaine tige,
De gens qui jettirant lour Froc dans les ortige,
Qui préchirant pre tout une nouvelle Loy,
Queiz gens firant grand berche à l'ancienne Foy,
Gle firont tant la guerre à l'Eglife Romaine,
Dans les Ville, au Campagne, au Bocage, à la Plaine,
Que la plus part foüyant loux ancien Paftoux,

Couriont à la moüée, écouter queiz Doctoux.
Mon grand pere in quio temps seguit comme les autre,
Et prenguit le party de queiz nouveas Apôtre,
Gle s'engagit à z'eux, & son engagement
A duré dans sa Race & jeque à mointenant.

R A B B I.

Vous suyvez-donq aneut la Foy de ton grand pere ?
Quand l'oüaille qui foüit se jette en la Rivere,
Les autre qui suyvant sans vere le danger,
Apres lé s'y jettant, & tout se vet neger.
Vequy comme ô s'est fait jeque à vouré en ta Race,
Ton grand pere entre nous, avet-eil bonne grace,
De donner, comme on dit, tout à travers les choux ?
Pre segre aveuglement quiellez nouvea Préchoux ?
Gl'avet devant ses œil l'exemple de ses Pere,
Dont la Religion, l'y devet estre chere,
Gle l'avet receu d'eux depeus quinze cens ans,
Estet-eil donq ly seul plus sage que ses gens ?
Pre mettre en sa maison une nouvelle Eglise ?
Ne pouvet-eil pas ver qu'ine telle entreprise,
Estet de consequence à tous ses descendans ?
Que le salut do séns dans la suyte do temps,
Dependet de quio chois que gle s'en allet faire ?
Qu'in tel cot ne det pas se faire à la legere ?
Mas se sentant poussé, le bon homme en courant,
S'écartet sans ren vere & suyvet le Torrent.
Quio Torrent le jettit dans in si profond gouffre,
Qu'on n'est pas in do séns, dès quio temps qui n'en souffré.
Dés quio temps donq Sorin gle te fit emboüé,
Et t'imposit in joug qu'on ne peut secoüé.
Mas si tu veux penser à sortir de ta peine,
Destache-te de quio qui t'a mis à la Chaisne ?
Gle se fit Higuenot sans ren examiné,
Sa Route estet mauvaise, on n'y peut cheminé,
Sans trouver comme ly le mesme precipice.
Examine le foit, estet-o de justice,
De quitter dos Encestre, & le Dogme, & la Foy,

Pre fegre tout d'in cot une nouvelle Loy,
Sans fonger ben long-temps & jeque à tefte fendre,
A quielle que l'on quitte, & quielle qu'on veut prendre?
Ton grand pere en quio temps changet à l'étourdy,
Et dans quio changement tu vé que gl'at ourdy,
Pre fa famille enterre une etrange fuzée,
Que les Miniftre apres tretous d'ame ruzée,
Tournant tout, broüillant tout, on fçeu fi ben mêlé,
Qu'on travaille à prefent à la ben démêle.
Si ton grand pere à l'houre euft fogu fa Creance,
Ou que gl'euft eu do moings in poy de Confcience,
Gl'aret pû demander à queiz nouvea vengu,
Si louz envoy venet, ou do Diable, ou de Dieu?
Et lour dire Meffieurs fafez nous ver vos Lettre?
Qui vous envoye itau? qui vous a pû permettre,
D'étaler queme quieu vos nouvea Document,
Sur tretous nou Myftere & fur nou Sacrement?
Y vé qu'avec chaloux chaquin de vous s'empreffe,
Et fait tous fes efforts pre décrier la Meffe.
Luther tout le premer, & Calvin aprés ly,
La nommant un abus qui det eftre aboly.
Qui louz a dit quieuquy? d'où vent quielle Doctrine?
La peut-on faire vere, & celefte & divine?
Ha! ben loing d'eftre ainfi, ne veions que Luter
Nous dit que gle la tént do Dragon de l'Enfer. (a)
Si l'on nomme la Meffe in culte abominable,
L'on enfeigne en quieuquy la Doctrine do Diable.
Calvin fur quio Chapitre eft conforme à Luter,
Itau pre four Doctour, gl'ont tous deux Lucifer.
O les bons Ecolez, & que gl'ont un bon Maître,
Cependant quiellez gens vous font vengu repaiftre,
Ton grand pere les creut & receut pre Paftoux,
Dés quio temps lour Doctrine a paffé jeque à vous,
Si quio l'homme n'euft eu fa raifon démontée,
Gl'euft veu comme faint Paul écrit à Timothée,

(a) *Luther au Livre de la Meße privée.*

Que

Que l'Esprit dit exprès, qu'en les temps à venir,
Do gens quittant la Foy, ne sçarant se tenir
De prêcher dos Erreurs, & srant si miserable
De segre & d'ensegne la Doctrine do Diable.   (a)
Dis-me après quieu, Sorin, si Monsu le Demon,
Se presentet à tè pre te faire in Sermon,
Où gle t'abibaudret d'eloquente manere,
Pre te faire quitter la Creance à tes Pere;
Vedrez-tu t'en tenir à quieu que gle diret?
Segrez-tu les avis que gle te conseillret?
Vedrez-tu ben bailler à tes gens la Doctrine,
De quio, qui de tout temps cherche netre roüine?
Non : tu regardrez quieu comme in tres-grand forfait,
Et tu ne frez jamais quieu que Luter a fait.
Quio Prophete d'Enfer sur les leçons do Diable,
At interdit aux sens le Mystere adorable.
Ne peut-on pas juger que gl'est donq l'Antechrit,
Marqué dans Daniel, & qui comme gl'ecrit   (b)
Bannira du saint leut par insigne malice,
Le saint, perpetuel, & divin Sacrifice.
Vequy quieu que le Diable a fait par ses suppos;
Luter, Calvin, Zuingle, & vous bons Huguenos.
Fault-o que quiez Doctoux de nouvelle fabrique,
Effacant tant de grands & sçavant Catholique?
Gregoire, Chrisostome, Irenée, Augustin,
Ierome, Arnobe, Ambroise, & Cyrille & Iustin,
Clement, Tertulien, Origene, & tant d'autres,
Qui vivoient dans les temps plus proche des Apôtres?
Ces Docteurs moins sçavans que Calvin & Luther,
Et que le gros Zuingle aussi fier que Ruiter,
Ont ecrit des Erreurs, parlé par Ironie,   (c)
Quand gl'ont dit, que la Messe est ce que Malachie
Nomme Oblation pure, & le Don sans pareil,

(a) *1 Tim.* 4. *v.* 1.   (b) *Dan.* 11 *v.* 31. *& 12. v 11.*
(c) *Malach.* 1. *Iustin Dial. Trip. Iren. lib.* 4. *c.* 31.
Aug. Adversus Iud.. Tert Cont. Marc. c. 22.

G

Qu'en tous lieux où se leve & couche le Soleil,
On offre à l'Eternel sur la Machine ronde.
Qu'on en trouve à present un autre dans le Monde?
Ton grand-pere, Sorin, avet-eil donq raison,
De rompre tout d'in cot la belle liaison,
Qu'avec quiellez grand Saint avoint eu ses Ancestres
Pre t'engager avoure en l'estat qui t'empestre?
Crere sur lour parole in tas de débauché,
Gourmans, larrons, brigands, tout farcis de peché,
Sortis do poy d'Enfer comme de Sauterelle,   (a)
Pre planter dans le monde ine Eglise nouvelle;
Crere à quiellez hablous, estet-o ben viser?
S'arrester core à zeux, n'est-o pas s'abuser?
Peut-on biffer les Pere aveque bonne grace?
Et pre sauver Calvin condamner saint Ignace,
Qui dés l'an quatre-vingt d'aprés Nôtre Seigneur,
Dit qu'il n'est pas permis au Sacrificateur,
D'offrir le Sacrifice avec bien-seance,
Sans l'ordre de l'Evêque, & même en sa presence.
Considere, Sorin, si tes nouvea Pastoux,
Ont ben peu sur quio pé, s'eriger en Doctoux?

SORIN.

Y lisez l'autre jour in Livre qui m'assure,
Qu'on ne sçaret trouver la Messe en l'Ecriture.

RABBI.

Ce Livre est fait du temps des premiers Huguenots,
Dont les Esprits gâtez ne s'arrétoient qu'aux mots,
Décidoient de tous Points, & d'un air infaillible,
Disoient qu'ils penetroient tous les sens de la Bible,
L'Esprit particulier qui les animoit tous,
Les faisoit fort souvent courir comme des fous,
Des Artisans Docteurs zelez pour la Cohüe,
La Bible sous le bras, alloient de rüe en rüe.
S'ils trouvoient par hazard un Prêtre en leur chemin,
Ils l'arrestoient tout court, & leur Livre à la main.

(a) Apoc. 9.

Le traittant d'ignorant, d'âne, de teste dure,
Montre-nous, difoient-ils, la Meffe en l'Ecriture?
Si l'on s'attache aux Mots, on fçaura conftamment,
Qu'on n'y void pas non plus celuy de Sacrement.
Doit-on chercher un Mot dont on trouve la chofe?
S'il eft reçû de tous, a-t'il befoin de glofe?
Sans doute vos Cenfeurs ne fçauroient trouver bon,
Qu'Adam ait à chaque Eftre, impofé fon vray nom:
Dieu qui donna ce droit à nôtre premier Pere,
A permis à l'Eglife, à cette fainte Mere,
(Qui veut porter au Ciel les fiens de toutes parts)
De donner divers noms felon divers égards,
A cette action fainte, augufte & falutaire,
Par laquelle Iefus celebra ce Myftere:
Tantôt elle l'appelle une Communion,
Comme étant entre nous Sacrement d'union,
Tantôt un Pain du Ciel, Viande, Euchariftie,
Tantoft un Sacrifice, & tantoft Liturgie:
Le mot de Liturgie eft aux Orientaux,
Ce que le mot de Meffe eft aux Occidentaux:
Ce nom eft familier aux Peres de tout âge,
Dans le Concile d'Agde & celuy de Cartage, (a)
Et dans tous les Docteurs on en fait mention.
Tu voy par là des tiens, la fauffe Inftruction.

SORIN.

Gl'ont ben pretant toûjours, l'Ecriture à la bouche,
Gl'y fondant loux difcours, ô l'eft quieù qui me touche.

RABBI.   (b)

L'Ecriture eft femblable au Glaive à deux tranchant,
Dont fe fervant pre tout les bons & les méchant.
Les bons pre l'appliquer ont recours à l'Eglife,
Les autres l'expliquant fellon louz entreprife;
Et pre meil donner cours à lour deffein nouvea,
Gle l'y donnant le fens qui vent de lour cervea.

(a) Conc. Agat. Can. 14. Cart. 4. c. 84.
(b) Heb. 4. v. 12.

Saint Pierre les appelle ignorans, tête alerte, (a)
Qui détournant fans fin l'Ecriture à lour perte.
Les Ariens aux Mots (*Il eft plus grand que moy.*)
Les tournant à lour mode, y perdirant la Foy,
Quiellez gens prenant mal le fens de l'Ecriture,
Mettirant pre jamais louz ames à la Torture,
Et mille millions perdirant lour falut,
En quittant Iefus-Chrift, pre fuyvre Belzebut,
A l'inftigation de l'Autheur de lou Secte,
Tel eft le fort do gens que l'Herefie infecte.
L'Ecriture fans doute eft un Livre divin,
Mas fi l'on la manie, itau qu'a foit Calvin?
Et qu'on prenge fon fens au rebours de l'Eglife.
Quiau qui s'attache à quieu, fe damne fans femife.
O l'eft donque affuré pre ne fe damner pas,
Qu'o fault aller tout dret & fegre pas à pas,
Quielle que Iefus-Chrift par promeffe éternelle,
S'engage d'affifter fans fe feparer d'elle.
Sans quieu, l'efprit humain ne ferat jamais content,
Volage, hardy, leger, girouëtte à tout vent, (b)
Gl'irat toûjours flottant de Doctrine en Doctrine,
Confidere, Sorin, queiz gens de bonne orine,
Sufcitez pre dreffer veftre Religion,
Qui s'eft tant répanduë en quiettez Region:
On les oyet crier fans ceffe l'Ecriture,
La Bible, l'Evangile, ô l'eft quieu la mefure,
Que chaquin det aver pre ben regler fa Foy,
Sans jamais pre quieuquy recevre d'autre Loy.
Luter aux Allemans la prepoufet fans glofe,
Calvin premy les fens prechet la mefme chofe,
mas quiez deux gràds Apôtre, & quiez deux faints témoin,
Lifant quielle Ecriture, & ne s'accordant point,
Gl'ont in fi grand procez au fujet de la Cene,
Qu'aprés in Siecle d'ans & mois de deux trantaine,
Ny zeux, ny louz enfans ne l'ont pû terminer.

Chaque party fur quieu fe det ben chagriner,
Quand quiez gens travaillant à redreffer l'Eglife,
Gle font in Schifme entr'eux, & gl'en venant au prife,
Tous deux remply de Dieu, Saints, Docte, fuffifant,
Difputant fur lour Regle, & gle fe divifant.
Luter crejant au Pain, la prefence rèelle,
S'échauffe fur Calvin, l'infulte, le quarelle,
Traite les fens & ly, pre cent mot redoublé,
Dé Bouc, de Chen, de Loup, d'Heretique endiablé,
Dit qu'o fault que Satan rende lour tefte dure,
Pre les foire oppofer au fens de l'Ecriture.
Au contraire, Calvin dit, que Luter n'a fçeu,
Ny ver, ny penetrer ce que l'Efprit de Dieu
Nous veult porter à crere au fujet de la Cene,
Que fon opinion vault moings que la Romaine,
Et que le Corps de Chrift n'eft point enclos au Pain,
Qui jugrat quio procez ? qu'en dis-tu, té Sorin ?
Quio different eft grand, gle caufe in grand deluge,
Queu l'homme fur la terre en pourrat eftre Iuge ?
Les chefs do deux partis font infpirez de Dieu,
Gl'ont aprés zeux do gens infpirez comme quieu,
Queiz infpirez de Dieu fans couloux ny fans feinte,
S'en rapportant tretous à l'Ecriture Sainte,
Quielle Ecriture parle, & dans chaque party,
Chaquin cret qu'à s'entend, & s'explique pre ly,
Chaquin y vet fon fens, & chaquin s'en affure,
Itau chaque party déchire l'Ecriture,
Peufque ô vet comme quieu, gle pendrant deformais
Lour grand procez au croc, fans s'accorder jamais.
Mas fi gle s'accordant, cré-tu qu'on les det crére ?
Y dis que non, Sorin, y vay t'où foire vere,
Si tout homme eft mentoux, fujet à caution,
Pouvant-eil affurer lour dècidation ?
Iamois la verité lour fut-eille promife ?
Gle demeurant d'accord, & zeux, & louz Eglife,
Que gn'ont point eu le don d'infaillibilité,
Comment donq affuré que gl'ont la verité ?

Miniſtre, & Conſiſtoire, & Colloque & Synode,
Sont de la verité toûjours les Antipode.
En veguy prou pr'aneut, que fras tu quy Sorin?

SORIN.

Y z'y veux foire itau que le Preſtre Morin,
Gle velet accorder deux homme en ſa Parreſſe,
Qui chez les Avocats, les Preculoux, au Greffe,
Aviont tant depenſé que gl'en venguirant gueux,
En pouſſant in procez que gl'avant entr'eux deux.
Beacot de ſé, Morin, avet foit ſon poſſible,
A précher quiellez gens, pre les rendre ſenſible,
Au malhoux qui cauſet la perte de lour ben,
Mas quieu que gle préchet, ne lour ſervet de ren.
In bea jour au Palais durant la plaiderie,
On les cougnit tous deux dans belle Conſiergerie,
Morin allit les vere auſſi-toſt en Priſon,
Penſant dans quio l'eſtat les mettre à la raiſon,
Mas gle les vit tous deux ſe dire mille injure,
Se foire cent reproche, & do parole dure,
En venir à veler ſe battre à cor de poing :
Morin les ſeparant les jette dans in coing,
Et premer que ſortir, lour dit d'in front ſevere,
Y vous laiſſe le temps d'exercer vous colere,
Mordez-vous, mengez-vous; adieu demeurez quy,
Y m'en vay dès aneut faire comme quieuquy.

EGLOGLE VII.
DE LA COMMUNION
fous une Efpece.

MACHET, THEODORE.

MACHET.

HA! qu'y vous trouve heuroux, avifé Theodore,
Au prix de tant de gens qui font de vray pecore,
Peufque gle vont pre tout, courir comme do fous,
Ou comme Iuif-Errant fans trouver de repous,
Quittant loux pré, loux champ, loux maifon, loux patrie,
Et traguinant ben loing, loux famille appouvrie;
S'expofant fur la Mer avec mille dangez,
Pre chercher lour falut premy les Etrangez;
Refufant fans raifon de prendre queneuffance,
De la Religion do Catholique en France.
Mas fi chaquin fçavet ce qu'y fçay fur quieuquy,
Pas in d'eux ne voudret jamois bouger d'iquy.
Chaquin fe fret inftruire, & d'ine ame avifée,
Goûtret la verité qu'on nous a déguifée.

THEODORE.

Tu ne fut pas toûjours d'in pareil fentiment,
Apprens mé donq Macher, d'où vent quio changement,
Dés le temps que la Paix eut ouvert les paffage,
On te vit tout quitter, ben, vefins, parentage,
Pre t'aller établir dans d'autre Region,
Pre le feul intareft de la Religion.
D'où vent donq qu'aprefent, tu chante ine autre note?
Ne vens tu point iey, me donner ine bote?
Quiellez de veftre Loy, favant ben quio mefter,
Gle vifitant les gens exprez pre les tenter.

Et gle favant dò meux deguifer lour Creance,
Pre fçaver ce qu'on dit, pre fonder ce qu'on penfe.
Si ton prelange eft franc, y t'honore & cheris,
Si tu n'es pas fincere, y t'abhorre & m'en ris.

MACHET.

O l'eft vray que d'abord qu'on eut finy la guerre,
Y party de Pinbeuf pr'aller dans l'Angleterre,
Avec trante Marchands Huguenots queme mé,
Chaquin de nous penfet qu'on allet allumé
Contre les Reformiez, la guerre dans la France,
Y fis dans le Navire ine grand quenneuffance,
Avec in jeune Anglois, qu'on cret feil d'in Milord,
Sorty defpeus neuf ans dos Ecole d'Oxfort,
Et vengu dans la France apprendre le Lengage,
Gl'eft d'in efprit ben foit, aifé, curieux, fage,
Et fçait à mon avis mois que fon poen menger.
Comment, me difet-eil, avec tant de danger,
Quittez-vous veftre poïs, pr'aller dans l'Angleterre ?
La France a de l'éclat plus que toute autre Terre,
Tout le monde eft d'accord, qu'o n'es ren de pareil,
Dans tous les autres leur, qu'éclaire le Souleil.
O fault ben, ce fizy, que ne quittant la France,
Vejant qu'on n'y veult plus fouffrir neftre Creance.
Dans queiz malheuroux temps les pouvres Huguenaux,
Allant, venant, trottaut, & par Mons & par vaux,
Pr'icy, pre lais, pr'iquy, pre do voye égarée,
Chercher où gle troviant, do retraitte affurée.
Gle dicit à quieuquy, prenant fur mon devis,
Vous n'y frez pas fi ben, queme ô vous eft avis,
L'on verat in béa jour caffer dans l'Angleterre,
Veftre Religion queme l'on caffe in verre.
Vous eftes de queiz gens qu'on nomme Puritain,
Que le premer Roy Iacque, haïffet en Lutin,
Difant que le Demon les tirit de fa Forge,
Pr'aller dret à fon Lit, & L'y copper la gorge,
Mas que Dieu le fauvit de quio negre attentat,
Les Anglois vous jugeant ennemis de l'Etat.

Y vous

Y vous en avertis, prenez ben vos mesure,
De crainte de subir queque triste avanture ?
Quio Royaume est sujet à Revolution,
Sur tout quand ô l'y vet de la Religion ;
Iesqu'au temps d'Henry Huit, gle fut tout Catholique,
Quio Prince courroucé se rendit Schismatique.
Aprés ly Sommerset soubz le ième Edoüard,
D'ordure, d'Heresie, en fit in Gadoüard.
Mas Marie apres quieu, s'authorisant en Reine,
Soumit tout le Royaume à l'Eglise Romaine,
Chassit Pierre Martyr, & Bernardin Oquin,
Les deux premez Préchoux dos Erreurs de Calvin.
Aprés ly, le Royaume estant cheut en queneille,
Aquielle bonne teste, & quielle habile feille,
Qui vêquit si long-temps, la Reine Elizabeth ;
A fit sauter les teste, & dresser do gibet,
A la plûpart do gens qu'on creet Catholique,
A lour destruction quielle Reine s'applique,
Et fit tant pre ses soing, Supplice, Arrest, Combat,
Qu'a met enfin, l'Eglise en le present estat.
Qui rejette toûjurs le party Calviniste,
Comme ine Secte à part, do gens non conformiste.

THEODORE.

A queque houre, Machet, vestre Religion,
Pourret estre jugée en quielle Region,
Comme ine marchandise en blot de contrebande,
Ou comme Faux-sauner condamnez à l'amende,
Tous vos béns confisquez, & si vous estes pris,
Gare pre vous personne, in traitement pus pis.

MACHET.

Quio discours n'estet ren au prix do queneussance,
Qu'y prenis pre me mesme, estant sorty de France.
Y vis qu'on nous donnet pre tout do Revers-nom.
In jour en se raillant, in Anglois de Renom.
Dicit qu'on regardet les gens de nestre Secte,
Queme do vers, do poigl, do tegne, & dos insecte,
Qui ne se font jamois que de corruption,

H

Et defolant toûjours loux habitation.
Que ne fomme rebelle à toute les Puiffance,
Et que toutes nos Loix vont à l'independance;
Qu'on nous donne pre tout do nom malencontreux;
Qu'en Hollande d'abord, on nous nommit les gueux.
Dans la France Huguenots, Sacramentaire en Suiffe,
Que tretous nos Doctoux, font Doctoux de malice,
Qu'en difpute gne vont jamais d'in bon biais,
Et que gne font plus bons qu'à prendre do niais.
Voys, fizy, trouve-t'on Rome dans l'Angleterre?
Vent-elle jequ'icy pre nous foire la guerre?
Quiellez gens font-eil pas tretous do Reformé?
Cependant contre nous gle femblant allarmé,
Au mandre mot qu'on dit, gle fe montrant revefche,
Y fus ben plus fupris, le lendemoin au Prêche;
Y zy vy in Evêque, homme fage & de pois,
Qui beniffet les gens, pre do figne de Croix;
La plûpart des Anglois venant dans fa prefence,
Ly marquant à geneil de grande reverence,
D'autre s'en approchant avec devotion:
Et recevant de ly la Confirmation.
Y vis chanter dos Pfaume à dos gens d'apparence,
Revestus de Surplis comme les Prestre en France.
Y vis porter do Croix en eterrant les morts,
Et que jequ'à la fouffe, on préchantet loux corps.
Y vis qu'à deux geneil on recevet la Cene.
Mon efprit fur quieuquy fe fafet de grand poine;
Y vis deffus les champs, la pûpart do Paftoux,
Qui fellon mon avi, ne font pas grand Doctoux,
Car gle lifant tretous loux Sermon dans do Livre;
Et vont fi vifte ô tout, qu'on travaille à les fuivre.
Y vis aller do gens à la Confeffion,
Contans d'aver reçû louz abfolution.
Vequy quieuquy qu'y vis au fujet de l'Eglife,
Mas d'ine autre façon, mon ame fut furprife,
Quand y vis do François, autrefois riche, heureux,
Tout degimbré dans Londre, aiguë queme do gueux.

Do Marchand de Poitou, crier de l'eau de vie,
Et d'autre do vinaigre & de l'heulle en do crie.
D'autre fe tranfporter tous les joux fur les Quais,
Pre gagner quoque argent, à porter quoque fais;
Do gens de qualité, qui n'avant pas l'obole,
S'abaiffer à l'eftat d'eftre Maiftre d'Ecole,
Do Dame au leut de Robe & de beas ornement,
N'aver qu'in Senoiron pre tout accoutrement.
Dame Sarra pre vivre, attend fes Poule à pondre,
Et vet vendre les œufs dans les Marchez de Londre.
Rachel neftre vefine, & Iacob fon grand feil,
Premenant do Lardoire & do Pearre à Fouzeil.
Et le Bourgeois Simon, eft vendoux d'Allumette,
Son feil vet au moifon, joüer do Marmoüette,
L'Efchevin Iolliet eft arrachoux de dent,
Le Medecin Broüillard vend de l'Orvietant.
Faut-o ben, dici-zy, que tout quio monde endure,
Pr'ine Religion qui n'eft pas do plus fure?
Y vè que les Anglois qui font de nos amy,
La condamnant tout net, gn'en font point à dimy.
Gne nous fouffrant chez zeux, ren que pre Politique,
Et les Luteriens nous creant Heretique.
Tous le monde nous foüit, gle nous traittant tretous,
Comme Sociniens, Zuïngliens, Trambloux.
Gle regardant nos gens, comme gens de Cohuë,
Et comme dos haillons, qu'on rebute en la ruë.
Preque donq chez quiez gens, chercher neftre falut?
Peufque lour charité degenere en rebut?
Quicuquy me fit fonger à mon retour en France,
Y m'y prefente à vous en toute confience;
Vous priant de m'aider de vous Inftruction,
Afin de m'éclaircir fur ine Objection.
Que nos gens font fans ceffe à l'Eglife Romaine,
De fruftrer fes enfans d'ine part de la Cene,
Ne les Communiant qu'avecque le feul Pain,
Et ne daignant jamais lour prefenter le Vin,

THEODORE.

Si la Communion qu'on foit premy les neftre,
N'avet ren que quieuquy qu'o l'at quielle do veftre,
T'arez raifon, Machet, de demander comment,
On peut priver les gens do Vin do Sacrement ?
Mas y vay te tirer l'Epine qui te bleffe,
Tu nomme Pain & Vin, cé qui n'eft que l'efpece,
Tu devrez donq faver, que comme ô l'eft écrit,
L'on prend au Sacrement le Corps de Iefus-Chrift,
Mas fon Corps tout vivant, tout enter, fans parcelle,
Quieuquy fut toûjours crû jefqu'icy do Fidèle.
Le Chrift reffufcité, dit faint Paul, ne meurt plus, (a)
Quicôque a dónq fon Corps, do Sang n'eft point exelus.
Si de queiz deux efpece, on le prend foubz chacune
On n'a pas plus do deux, que fi l'on n'en prend qu'une.
Quieuquy n'eft point, Machet, ine Foy de trois jóux,
Les Apôtre en leur temps l'ont crû tout comme nous,
Zeux que le faint Efprit ornit de fa Sageffe,
Ont fait Communier foubz ine feule Efpece.
Dans les Actes fecond, Verfet quarante-deux,
Tu vé que les Croyans eftant unis entr'eux,
Sont dits perfeverant tant les ins que les autres,
Autant dans la Doctrine apprife des Apôtres,
Qu'en la Communion & fraction du Pain,
L'Ecriture en quio leut, ne parle point de vin.   (b)
Et dans le mefme Livre au Chapitre vingtiéme,
O l'eft dit que faint Paul en ufit tout de mefme.
Si l'une & l'autre Efpece étoit de droit divin,
L'Eglife n'eut jamais ofté celle du vin.
Aux Actes nous voyons, le feul Pain en pratique,
Et nous avons d'ailleurs une preuve autentique,
Que l'on Communioit dans le commencement,
Sous l'une ou l'autre Efpece indéterminément,

(a) *Rom.* 6. v. 9.
(b) *Calvin dit que c'eft la Communion Inftit. lib. 4. c. 17*
Dupleſ. lib. 1. *de l'Euch. c.* 1.

                                        Sans

Sans qu'on crût que les deux y soient necessaires.
Tertulien, Basile, & l'Elite des Peres,   (a)
De cette verité nous sont de bons garans,
Ils nous assurent tous, que dans ces premiers temps,
Les Chrétiens assistans au Sacro-saints Mysteres,
Prenoient du sacré Pain. des morceaux salutaires,
Que chacun emportoit ensuite en sa maison,
Pour se Communier dans les temps d'Oraison.
Le vieux Serapion sentant sa derniere heure,
Fait appeller un Prestre, afin qu'avant qu'il meure,
Il reçoive de luy le divin Sacrement,
Le Prestre étoit malade, & cét empêchement,
Ne luy permettant pas de venir en personne,
Il prend le Pain sacré, l'enveloppe, & le donne,
Pour porter au malade, à son jeune Neveu,
Et l'instruit en partant, de l'humecter un peu,   (b)
Afin que le Vieillard plus aisément le prenne;
Voilà donc que sans vin, on fit faire la Cene.
L'Historien Eusebe en a fait le rapport,
Tous les Historiens & Docteurs sont d'accord,
Que dans l'Antiquité, l'on ne void point d'exemple,
Qu'on portast aux maisons, ny qu'on gardast au Temple,
Iamais le Sacrement sous l'Espece du Vin,
Mais bien qu'on le gardoit sous l'Espece du Pain.
Les enfans ne pouvant prendre rien de solide,
On les Communioit sous l'Espece liquide,
Il est donc faux qu'alors on crût, comme tu voy,
Que le Corps du Sauveur ne se prit que par Foy,
Puisqu'on Communioit par l'action de boire,
De petits innocens, incapables de croire.
Et comme on permettoit aux Fidéles entr'eux,
Ou l'une, ou l'autre Espece, ou même toutes deux;
Chacun se rendoit Maître & libre en ses pratiques,

(a) Tert. lib. 2. ad uxo. c. 5. Basil. ad Cæsarum
Patricium.
(b) Euseb. Hist. Eccle lib. 6. Chap. 36.

Quand les Manichéens superbes Heretiques,
Communioient à Rome, & sans discernement,
Avec les vrais Chrétiens, prenoient le Sacrement.
Mais le Pape Leon par Ordonnance expresse,
Fit qu'on Communia sous l'une & l'autre Espece.
Lors les Manichéens, engences du Demon,
Qui détestoient le vin, comme fiel du Dragon,
Furent bien-tost connus après cette Ordonnance,
Parce que les Chrétiens, en toute reverence,
Suivoient l'ordre donné pour leur Communion.
Ce fut donc par la Loy que porta saint Leon,
Qu'ils en usoient ainsi pour découvrir la feinte;
Mais quand on vit enfin, cette Heresie éteinte,
Ainsi qu'auparavant chacun Communioit,
Selon la liberté que l'Eglise en donnoit.
Et comme peu de gens demandoient le Calice,
L'Eglise crut enfin, qu'il étoit de justice,
Qu'allant au Sacrement, Mystere d'unité,
L'on observast par tout même conformité,
Delà vient qu'assemblée, en Concile à Constance,
Reglant tout sur ce point, elle fit l'Ordonnance,
Que tous les Seculiers, sujets au Rit Latin,
Ne Communiroient plus sous l'Espece du vin.
Pour nous qui croyons tous la réelle Presence,
On ne nous ôte rien au Decret de Constance,
Puisque nous possedons substantielement,
Le Corps & Sang de Christ, dans nôtre Sacrement,
Son sacré Corps vivant, sa Chair qui vivifie,
Nous nourrit, nous soûtient, benit & sanctifie.

MACHET.

Qui ne mange ma Chair, & qui ne boit mon Sang,
Entre les bien-heureux, n'aura jamais de rang,
Il faut boire & manger, afin d'avoir la vie;
De l'Institution la parole est suivie,
De ces mots du Sauveur, Prenez, beuvez-en tous.
Theodore, à cela, que me répondez-vous?

THEODORE.

I'ay dit deja, Machet, & te le dis sans cesse,
Nous beuvons & mangeons sous une même Espece,
Puisque nous y prenons le Corps de Christ vivant,
Et par là tout son Sang, vif & vivifiant;
Et quand au mot de Tous, sur lequel on insiste,
Voyons comment l'a dit nostre divin Legiste :
C'est aux Apostres seuls, qu'il dit beuvez-en tous ?
(Comme s'il leur disoit, cette Espece est pour vous.)
Ils beurent tous aussi, saint Marc le dit ensuite ;
L'expliquer autrement c'est une pure fuite.
Mais s'il dit, beuvez tous, apprenez avec nous,
Qu'il ne leur dit jamais, faites-en boire à tous ?
Mais pourquoy quereller si fort sur cette Coupe ?
Puisqu'on a veu des gens souvent en vostre troupe,
Faire souvent la Cene, & refuser le vin,
Si l'une & l'autre Espece, est par l'Ordre divin,
De la Communion, partie essentiele,
De bonne foy, Machet, vostre Eglise peut-elle
Sur un si grand sujet, donner quelque quartier ? (a)
Elle l'a pourtant fait au Synode à Poitier,
Puisqu'elle a dispensé dans une Loy divine,
Ainsi qu'il est marqué dans vostre Discipline.
Il faut vous arrester au Ministre Daillé,
Qui de tous vos Pasteurs a le plus travaillé
Cét homme raisonnant selon sa connoissance,
A déclaré de nulle, ou de peu d'importance,
Le refus de la Coupe, ou son retranchement.
Si Daillé conclud juste en son raisonnement,
L'Eglise, de la Coupe à juste droit dispense,
Si son retranchement n'est pas de consequence :
Daillé nous fait connoître, à le voir raisonner,
Que l'Eglise a receu le pouvoir d'ordonner.
Mais il ne nous dit pas, jusqu'où va sa Puissance ?
Elle ne s'étend point sur l'Ordre & la Substance,

(a) En 1560. Discip. c. 12. tit. de la Cene Art. 7.

Ny fur l'effentiel d'aucun des Sacremens,
Ce droit eft de l'Auteur, de ces faints Inftrumens;
Mais comme Dieu luy donne une puiffance entiere,
De prefcrire aux Chrétiens, la regle & la maniere,
Pour ufer comme il faut de ces fignes divins,
Elle exerce un pouvoir qu'on luy laiffe en les mains.
Elle établit fes Loix, & fait fes Ordonnances,
Iuftement, fagement, & dans les circonftances,
Et des temps, & des lieux, & des occafions,
L'Eglife baptifoit par trois immerfions,
Dans les temps plus voifins du fiécle des Apôtres,
La feule infufion eft en ufage aux nôtres.
Autre-fois par rapport à l'Inftitution,
L'Eglife aprés fouper fit la Communion,
A prefent par l'effet d'une prudence extrême,
Nous voyons entre-nous qu'il n'en eft plus de même.
De quelle autorité vient donc ce changement?
Le grand faint Auguftin nous répond hautement,　　　(a)
Qu'on Communie à jeun par l'ordre de l'Eglife,
Toute difficulté par là, paroît décife.

MACHET.

Men efprit eft content de vous Solution,
Et fans m'alambiquer dans d'autre objection,
Qu'o font les efprit rude, hautén, opiniâtre,
Qui de loux fentiment, font tretous idolatre?
Y ne vé que trot clair, que nou gens ont quitté,
La Foy qui fe gardet de toute Antiquité.

(a) *Epift.* 118. *to.* 2.

EGLOGUE VIII.
DU PURGATOIRE.

GIROME, BALTAZAR.

GIROME.

HE ben donq , Baltazar, toûjours ſur la Lecture ?
Tu dé ſçaver par cœur à preſent l'Ecriture ?
Y ne me ſouvens point d'eſtre vengu chez té,
Sans qui t'ege trouvé do Livre ſo le nè :
Toûjours le Teſtament, les Pſeaume, les Priere,
Sans parler de quiellez que tu lis pre darrere,
Les Lettre Paſtoralle, & le Preſervatif,
Où Monſu Iurieu nou picque jequ'au vif,
Et cret au traits ſanglant que gle darde à centaine,
Porter le coup de mort à l'Egliſe Romaine.
Mas gle devret ſçaver, & vous autre tretous,
Que Dieu deffend la Lune & la garde do Loups.

BALTAZAR.

Y lis in Livre icy, mas in Livre, Girome,
D'in do ſavant Paſtoux qui fut dans le Royaume,
O l'eſt in de quiellez de Monſu Dumoulin,
Quio l'homme en ſes diſcoux eſt poly, clair & fin,
Et plen d'invention pr'éclaircir les matere ;
Y zy paſſe dos houre & do ſerée entere,
Sans jamois me laſſer de lire quio l'Autheur,
Qui remplit mon eſprit & contente mon cœur.

GIROME.

Vos Autheurs , Baltazar, ont different genie,
L'on en vét d'excellens, ſur tout en Calomnie ;
D'autre ſur un ſujet, au lieu d'aller au fond,
Se rependant pre tout avec un air bouffon.

Dumoulin, dont l'efprit triomphe en pedantefque,
Aux fujets plus facrez, fçait mêler do burlefque,
Peus donq que tu t'amufe à lire, Dumoulin,
Tu n'y peus ren trouver qui ne fet tres-malin.

BALTAZAR

Y vé dans quieu qu'y lis que gle cret illufoire,
Tout ce qu'on dit chez vous touchant le Purgatoire.
Malin, ou non malin, ô l'eft vray que gl'ou dit,
Et que de tout fon cœur, gle s'en mocque & s'en rit.

GIROME.

" L'Impieté fouvent fe rit des chofes Saintes,
" Et donne aux veritez tous les jours des atteintes:
" Mais fe railler ainfi fur les points de la Foy,
" C'eft fe mocquer de Dieu, c'eft méprifer fa Loy.
" Tout ce que l'Ecriture apprend, marque, autorife,
" Tout ce qu'on void receu conftamment dans l'Eglife,
" Ce qu'elle enfeigne aux fiens depuis les premiers ans,
" Tout ce qu'ont profeffé les Chrétiens de tous temps.
" Cela doit-il paffer pour un Dogme illufoire ?
" Voilà quelle eft la Foy qu'on a du Purgatoire.
" Il s'agit donc icy de prouver un tiers lieu,
" Vn état mitoyen, je veux dire un milieu,
" Entre l'heureux fejour qu'ont les ames benites,
" Et le centre Infernal où tombent les maudites.
" Il ne me faudra pas faire de grands efforts,
" Pour prouver la pratique à prier pour les Morts ;
" L'Ecriture nous dit que Iudas Macabée,
" Pour rendre ce devoir aux morts de fon Armée,
" Employa fon argent, & d'un cœur genereux,　(a)
" Fit offrir Sacrifice, & prier Dieu pour eux.
" Prier Dieu pour les morts, n'eft-ce pas reconnoître,
" Qu'il eft un tiers état, où ces gens peuvent eftre?

BALTAZAR.

Le Livre eft Apocriphe, on nous prêche quieuquy;
Vous appouez donq mal le Purgatoire iquy,

(a) 2. *Macab. c.* 12.

Les Iuifs le rebutant, au dire à nos Miniſtre,
Et gn'at d'authorité, que premy les Papiſtre.

GIROME.

" Quand un Miniſtre parle, il a plus de crédit,
" Qu'un ſaint Concile entier, avec le ſaint Eſprit.
" Calvin, Baiſe, Moulin, effacent dans nôtre âge,
" Les Décrets plus cenſez d'un Concile à Cartage;
" Ce Concile enfermant ce Livre au ſaint Canon,
" L'appelle Canonique, & Calvin dit que non.
" O gens! ô temps! ô mœurs! ô Siecle de nos Peres!
" Vous nous avez reduits en d'étranges miſeres.
" Trois Potirons d'un jour, trois impudens Cenſeurs,
" Bravent l'Egliſe entiere avec tous ſes Docteurs,
" Laiſſons-là l'Apocriphe, & prenons l'Evangile:
" Ieſus n'a jamais dit de parole inutile;
" Il dit formellement, comme on void par écrit,
" Que le peché commis contre le ſaint Eſprit,   (a)
" N'aura point de pardon dans ce ſiecle & dans l'autre,
" Et vôtre expreſſion plus forte que la nôtre,
" Dit dans ce ſiecle icy, ny celuy d'avenir,
" (Ce que j'ay bien voulu te faire retenir.)
" Icy ſaint Auguſtin trouve le Purgatoire,
" Il remarque en ce lieu, que Ieſus nous fait croire,
" Qu'on remet des pechez dans le ſiecle à venir.
" Cela bien ſuppoſé, peut-on diſconvenir,
" Qu'il faut un tiers état où ſe trouvent les ames?
" Ceux qui ſont condamnez aux éternelles Flammes,
" Sont exclus pour jamais de la Remiſſion,
" Ceux qui ſont dans le Ciel ſont en poſſeſſion,
" De voir clairement Dieu, dans l'etat de la gloire;
" On doit donc bien par la neceſſairement croire,
" Que ſi dans l'autre monde on remet le peché,
" Ce n'eſt point dans le Ciel, où nul n'en eſt taché,
" Ce ne peut eſtre auſſi dans le Puis de l'Abîme;
" Puiſque c'eſt-là ſans fin, où Dieu punit le Crime;

(a) *Math.* 12. v. 32.

« Il faut donc que ce soit dans un troisiéme lieu.
« J'entends encore ailleurs parler le Fils de Dieu,   (a)
« D'une étroite Prison, d'où selon sa parole,
« Nul ne sçauroit sortir tant qu'il doit un obole,
« Ce passage expliqué par les plus saints Docteurs, (b)
« Exprime les tourmens & les vives douleurs,
« Que doit souffrir une ame, & fidele, & Chrétienne,
« Qui doit pour ses pechez quelque reste de peine.
« Si l'on ne satisfait avant qu'on soit au Port,
« La satisfaction se fait aprés la mort.
« Je m'en vay, Baltazar, t'expliquer le Mystere.
« L'homme par le peche tombe en telle misere,
« Qu'il devroit en souffrir toute une Eternité,
« Mais Dieu pour le tirer de cette extremité,
« Change par sa bonté cette peine Eternelle,
« En une autre à souffrir, qui n'est que temporelle ;
« C'est par la Penitence, en tant que Sacrement,
« Que d'ordinaire il fait, cet heureux changement ;
« Mais quand son ame passe à la vie immortelle,
« S'il luy reste à payer sa peine temporelle,
« C'est dans cette Prison, lieu d'expiation,
« Qu'elle doit consommer sa satisfaction.
« Là comme par le feu, chaque œuvre est éprouvée,
« Et l'ame aprés l'épreuve, est au Ciel enlevée,
« Ce que saint Paul icy dit aux Corintiens ;   (c)
« S'adapte à ce sujet par les Docteurs Chrétiens.
« Ils vallent bien celuy qui publie illusoire,
« Tout ce que nous croyons touchant le Purgatoire.
« L'Ecriture a parlé pour cette verité,
« Recourons maintenant à d'autre autorité,
« Nous verrons sur ce point un si fort témoignage,
« Qu'il ôte tout sujet d'insister davantage.
« Les Peres sur cecy nous sont d'un grand soûtien ;
« Je t'allegueray donc d'abord, Tertulien,   (d)

(a) *Math. 5. v. 26.*   (b) *Hieron. Euseb. Emisc. Ambr.*
(c) *I. Cor. 3. v. 13.*   (d) *Tert. lib. de Mon. c. 10.*

Qui

" Qui prescrit pour devoir aux vertueuses Femmes,
" Aprés leurs Maris morts, de prier pour leurs ames,
" Saint Ephrem sur sa fin faisant son Testament,
" Veut inspirer aux siens ce pieux sentiment,　　(a)
" D'employer pour son ame, Offrandes & Prieres,
" Pendant que son corps reste au Tombeau de ses Peres.
" L'Historien Eusebe, ecrit que Constantin,　　(b)
" Afin qu'on priât Dieu pour luy soir & matin,
" Voulut estre enterré dans le Chœur d'une Eglise.
" Saint Cyprien nous met l'Ordonnance précise,
" Qu'on fit avant son temps avec toute rigueur, (c)
" Contre qui nommeroit un Clerc pour Curateur,
" Elle l'exclud en tout des Prieres publiques,
" Qu'on faisoit pour les morts, parmy les Catholiques.
" Vn Concile à Cartage, où fut saint Augustin,
" Défend de celebrer la Messe qu'au matin.
" Et dit que sur le soir, s'il échoit quelque Office, (d)
" Pour enterrer les morts, ce soit sans Sacrifice,
" Ieûnes, aumônes, vœux, & suffrages communs,
" Se pratiquoient pour lors en faveur des Defunts.
" A propos de Concile, & celuy de Nicée,　　(e)
" Dont la Doctrine entiere, est par vous approuvée,
" Veut qu'en ceremonie on enterre les Corps,
" Et que l'on prie aussi pour le repos des Morts.
" Saint Augustin, parlant de sa mere Monique,　(f)
" Dit qu'elle eut en mourant ce souhait Catholique,
" Qu'on eût soing de prier pour elle au saint Autel.
" Le fils, satisfaisant à ce vœu maternel,
" Conjure les Lecteurs, du souhait de sa mere,
" De prier pour son ame, & celle de son pere.
" Cela se fit au temps que vôtre Fondateur,　　(g)

(a) *Ephrem in testamen.*　(b) *Euseb. l. 4. de ejus vita.*
(c) *Epla. 66 ad Presb.*　(d) *Conc. Cart 3. c. 29.*
(e) I. *Conc. Nic. Can. 63.*　(f) *Confes. lib 9. c. 11 12. 13.*
(g) *Calvin lib. 4 Instit. c. 2. §. 3.*

K

" Croyoit l'Eglise pure, & sans aucune Erreur.
" Ce Dogme a d'un côté la Bible & l'Evangile,
" Et de l'autre côté saint Paul, Peres, Concile ;
" Et l'Eglise infaillible en sa Tradition.
" Tels soûtiens souffrent-ils quelque opposition ?
" Sçauroit-on souhaiter preuve plus autentique,
" Pour s'attacher d'esprit à la Foy Catholique ?

BALTAZAR.

Y trouve dans saint Iean, comme on nous a préché,
Que le pur Sang de Christ, lave de tout peché, (a)
O l'est itau marqué, tout le monde ou det crere,
Quieuquy semble contrere à vetre Purgatoire.

GIROME.

" Tout Catholique avoüe, & de cœur & d'esprit,
" Qu'il doit tout son salut, au Sang de Iesus-Christ.
" C'est sur ce Sang divin que tout salut se fonde,
" Puisqu'il l'a répandu pour sauver tout le monde.
" Mais ce prétieux Sang nous doit estre appliqué,
" Cecy dans l'Ecriture est assez expliqué,
" La Foy, les Sacremens, les Ieûnes, les Prieres,
" Sont pour nous l'appliquer, des moyens salutaires.
" Saint Paul ignoroit-il l'effet du Sang de Christ ?
" Luy qui dans tant d'endroits en a si bien ecrit.
" Pourquoy préchoit-il donc à tous la Penitence ?
" Comme étant du salut la plus forte assurance, (b)
" S'il ne la jugeoit pas comme un moyen prescrit,
" Pour appliquer à tous, le Sang de Iesus-Christ ?
" Par le pur Sang de Christ, tout peché, tout offense,
" Sont purgez au Baptême, & dans la Penitence ;
" Le Baptême est pour tous un Sacré Lavement,
" Dans lequel le peché, se purge absolument.
" Vn enfant baptisé, que Dieu dés l'heure appelle,
" Ioüit dés ce moment de la vie éternelle.
" Les Martyrs qui pour Christ, ont répandu leur sang,
" Ont même privilege, & sont au premier rang.

(a) 1. Ioan. 1. v. 7. (b) Act. 17. v. 30.

" Mais Dieu tout juste & bon, n'en use pas de même,
" Envers ceux qui de crime ont souillé leur Baptême.
" Il attache sa grace à leur conversion,
" Il leur demande un cœur plein de contrition,
" Et s'ils ont de leur crime, une douleur extrême,
" Vn autre Sacrement qui succede au Baptême,
" Dont l'Eglise a toûjours la dispensation,
" Leur fait du Sang de Christ, prompte application.
" Là leur crime est remis, mais la peine éternelle,
" Dûë à leur lacheté, se change en temporelle.
" Souvent Dieu qui remet la coulpe aux Penitens,
" Leur reserve une peine à souffrir dans le temps.
" Le travail & la mort, sont la peine promise,
" Au Pere des humains dont la faute est remise.
" Le Peuple offre au Veau d'or son adoration,
" Dieu remet cette offense en resolution,   (a)
" D'en punir les pecheurs dans le temps qu'il decide,
" Vn infame adultere, un cruel homicide,
" Sont remis à David sous la punition,   (b)
" De la mort de son fils, pour satisfaction.
" Ainsi quand Dieu pardonne, il change d'ordinaire,
" Vne peine éternelle, en peine passagere.
" Cette peine est à l'homme, un devoir, un loyer,
" Qu'il est vivant ou mort, obligé de payer,
" Puisque rien de souillé, n'entrera dans la Gloire; (c)
" Voilà le fondement de nôtre Purgatoire.
" Nous en avons par tout de justes Monumens,
" Nous le justifions par les deux Testamens,
" Nous avons la parole écrite, & non écrite,
" L'Eglise dont Iesus preside à la conduite,
" Nous enseigne à prier comme aux siecles passez,
" Pour tous ses chers enfans, vivans & trepassez.
" Mais vos principes seuls, vous obligent à croire,
" Qu'il faut aprés la mort, admetre un Purgatoire,

(a) *Exod.* 32. *v.* 34.   (b) 2. *Reg.* 12. *v.* 13;
(c) *Apoc.* 21. *v.* 27.

" Prens mon raifonnement & juge s'il eſt vain ?
" Vos Articles de Foy, difent aprés Calvin,   (a)
" Que nos propres pechè, à tous tant que nous fommes,
" (Outre celuy d'Adam, qui foüille tous les hommes)
" Ne s'effacent jamais par aucun Sacrement,   (b)
" Ny par d'autres moyens jufqu'au dernier moment.
" D'où j'infere que Dieu veut damner tout le monde;
" Puifque le Paradis ne reçoit rien d'immonde.
" L'Ecriture le marque, ainfi que vous fçavez,   (c)
" Comment fe peut-il donc que vous foyez fauvez ?
" Si vous croyez que Dieu par fa pure indulgence,
" A l'heure de la mort, vous remet vôtre offenfe,
" Montrez quelle affurance il vous en a donné ?
" Si c'eſt ainfi, jamais nul ne fera damné.
" Puis donc que felon vous, chacun pendant fa vie,
" D'ordure, de pechez, a fon ame remplie,
" Il doit entrer au Ciel, de crimes tout taché,
" Ou bien aprés fa mort, Dieu remet fon peché.
" Le lieu de fon pardon eſt donc le Purgatoire ?
" Car on ne penfe pas que ce foit dans la gloire,
" Puifque rien de foüille ny doit jamais entrer.
" Affurez-vous donc tous, de vous en voir fruſtrer ?
" C'eſt une verité trés-conſtante & decife,
" A moins de vous foûmettre aux Ordres de l'Eglife.

BALTAZAR.

Ne velans montre au Ciel, tout chauffé, tout botté ;
Tout groüillant de peché, taré, fumé, crotté ;
Y ne fçay pas pre mé, comme quieu det s'entendre ?
O vault donq meux fonger dés avoure à me rendre.

(a) *Calv inſt. 4. c. 2. § 3.* (b) *Art. de Foy* 11,
(c) *Apoc.* 21. *v.* 27.

EGLOGUE

EGLOGUE IX.
DE LA CONFESSION.

PATRICE, ACHILLE.

PATRICE.

ONe fault poin mentir, y te cré, cher Achille,
In do meux converty de touté nètre Ville,
Y te trouve aſſidu les Dimoinche au Sermon,
Tous les ioux à la Meſſe avec devorion,
Quieuquy me foit iuger ton changement ſincere,

ACHILLE.

O l'eſt vray qu'y n'ay point de porte de darrere,
In homme, en men eſprit, n'eſt point homme de ben,
Qui ſçait prometre tout, quand gne veult tenir ren,
Y vous aſſure auſſi, qu'aiant in pói de Lettre,
Y vely vere clay avant que de promettre,
Mas quand on m'eut inſtruit ſans heſitation,
Y rendis gloire à Dieu de ma conviction.
Sans ceſſe y le benis pre quieſſe grande grace,
Car do commencement y reſiſtez en face,
A qui m'eût dit in mot pre ma Converſion,
Y regardez les Preſtre, avec averſion,
Curé, Religieux, ny pas in Catholique,
Ne paſſet devant me ſans qu'y ioux fis la nique.
Y creéz in effet de la grace de Dieu,
De les ben dénigrer en tour temps, en tout lieu.
Y creéz les cervea de tretous les Miniſtre,
De toute les Science eſtre les ſeuls Regiſtre,
Y diſez d'in Miniſtre, ha! qnio l'houme eſt ſçavant,
Mas y diſez d'in autre, ha! quieu n'eſt que do vent.
Le plus grand do Doctoux, le plus grand Philoſophe,

L

Au prix de nou Miniſtre eſtet de baſſe étoffe.
L'onſent dans la Reforme in eſprit prevenant,
Qui loux donne à tretous quio même enteſtement.
In feil apprend quicuquy de l'eſprit de ſon pere ;
Le pere eſt tout ſoûmis au ſacré Miniſtere,
Dés le commencement quiellez Pedans Rabbis,
Se ſont fait adorer de toutes loux Brebis,
Les ont ſi ben gagné, que lour Doctrine impure,
Gle lour font avaler prè la ſainte Ecriture.
Quand on a ſen eſprit itau preoccupé,
On ne ſçaret aller jamois ſur in bon pé,
Ee men infatué de quiellez bons Apôtre,
Se tenet ſur ſes garde, ainſi que tous les autre.
Mas nou vejant tretous dans in grand embarras,
Y priy l'Eternel de me tendre les bras,
Et comme un autre Saul, criant devant ſa face, (a)
Y ly dicy, Seigneur, que veux tu que je faſſe ?
O Dieu ! je te ſupplie en toute humilité,
De guider mon eſprit ſelon ta verité ?
Celuy pour obtenir, qui veut qu'on luy demande,
Me fit dés quio moment ine grace ſi grande,
Qu'y ſentis mon eſprit enterement changé ;
Et comme de chez nou y n'avez point bougé,
M'y tenaut renfermé, pre deplorer ma peine,
Tout abbatu d'enneux durant quoque Semoine,
Y ſortis ſans ren dire, & d'un air aſſuré,
Y m'en ally d'abord trouver netre Curé,
Ly dicy le ſujet de ma prompte viſite,
Quio Paſtour plein d'honneur, de vertu, de merite,
« Me receut, m'accüillit avec affection,
« Et me dit que du cœur la vraye Converſion,
« Ne nous vient que de Dieu, que c'eſt ſon propre
«   Ouvrage ?
« Que ſi de tous nos biens nous luy devons homage,
« A plus forte raiſon du changement de cœur,

(a) *Acte* 9. *v.* 6.

" Comme un coup affuré de la main du Seigneur, (a)
" Qu'un homme ne fçauroit en convertir un autre,
" Sa Grace nous previent, & s'il y faut du nôtre,
" C'eſt la foumiſſion à cet attrait ſi doux,
" Et comme il ne veut pas nous convertir ſans nous
" Il donne à cèt effet deux moyens ſalutaires,
" L'Etude d'un côté, de l'autre les prieres;
" Par l'Etude on entend les applications,
" Soins, recherche, lecture & converſations,
" Avec des gens de bien, pourveus d'intelligence,
" Pour nous mener tout droit à la vraye connoiſſance
" Des veritez du Ciel que nous voulons chercher,
" Mais ne preſumons pas d'en pouvoir approcher,
" Si content de l'Etude, on n'y joint la priere ;
" Dieu nous dit, demandez, c'eſt la juſte maniere, (b)
" Qui vous fera du Ciel, obtenir vos beſoins.
" Faiſons donc conſiſter tous nos principaux ſoins,
" A demander à Dieu le déſir efficace,
" D'obeïr en tout point à l'inſtinct de ſa Grace.
Aprés que gle m'eut fait quielle belle leçon,
Gle me baillit do Livre, & dit de quo façon
Y devez m'en ſervir pr'en tirer do lumere,
Gle m'ordonnit ſur tout de me mettre en priere,
De ne ceſſer jamois ny de neut, ny de joux,
De demander à Dieu, ſa Grace & ſes ſecoux.
Et de joindre l'aumône, & le jeûne au priere.
Y ſuivy de mon meux ſes avis ſalutaire.
Sy trouvez quoque fe, quoque ſens obſcurcy,
Y m'en allez chez ly pre me vere éclairey,
Si ben qu'en pois de joux me ſentant Catholique,
Y z'en fis ſans tarzer Profeſſion publique.
Y me trouve ſi ben de quio ſaint changement,
Qu'y veil en benir Dieu, jeque au derer moment.
O l'eſt pre quieu qu'y vay tous les joux à la Meſſe,
Y pretens quiettez joux aller même à Confeſſe.

(a) Pſ. 76. v. 10.   (b) Math. 7. v. 7.

Mas y vé qu'o fault eſtre enterement inſtruiſt,
Pre foire quio devoir, & le foire avec fruit.
Vous qui me quencuſſez d'une amie ſi ſoumiſe,
Inſtruiſez mé ſur quieu de la Foy de l'Egliſe.
Vous ſçavez les tenans & les aboutiſſans,
Vous vous êtes muny dés vos plus jeunes ans,
Dos arme neceſſaire à vaincre l'Heretique,
Inſtruiſez doncque à neut in nouvea Catholique.

PATRICE.

" A juger ſainement de vos Reformateurs,
" On les doit regarder comme des corrupteurs.
" Armez contre le Ciel, l'Egliſe & l'Evangile.
" Ils envoyoient d'abord des gueux de Ville en Ville,
" Qui fuyant la lumiere ainſi que dés hiboux,
" N'alloient rien que la nuit comme des Loups-garoux,
" Inſultoient en ſecret à l'Egliſe Romaine,
" Préchant que ſa Doctrine, étoit impie & vaine,
" Qu'un vray Chrétien doit vivre exempt de toute Loy,
" Qu'il fera ſon ſalut pourveu qu'il ait la Foy,
" Qu'ainſi la Penitence avec toutes ſes peines,
" Ne ſont, à bien juger, qu'inventions humaines.
" Tout ce qu'avoient prêché ces brigans du party,
" Aux Articles de Foy ſe trouvant aſſorty,
" Fut ainſi décidé dans leur premier Synode,   (a)
" Qui frappe en ſon Canon d'une ſainte Methode,
" D'un ſeul coup d'anathéme & d'execration,
" Les Vœux, le Celibat, & la Confeſſion.
" Le Papiſme approuvant des points ſi deteſtables,
" A reçû, diſent-ils, la Doctrine des Diables,
" Sortant de la boutique & forge de Satan.
" Et moy ſur chacun d'eux, je crie au Charlatan.
" Aux nombres, l'Eternel veut que l'hôme & la femme,
" S'ils ont fait un pechè qui tache & ſoüille l'ame, (b)
" S'en purgent auſſi-tôt par la Confeſſion.
" Le Diable en a-t'il donc forgé l'invention ?

(a) *Conf. de Foy Art.* 28.   (b) *Num.* 5. v. 6.

" Voy jufqu'où vos Docteurs ont porté leur blafphéme ?
" Au premier de faint Marc, en faint Mathieu troifieme,
" Aux Sermons de faint Iean, les Peuples allechez,
" Venoient tous repentans confeffer leurs pechez.
" Iefus-Chrift, dit faint Iean, eft fidéle, il eft jufte,
" Il nous pardonnera d'une maniere augufte, (a)
" Et nous purifiera de toute iniquité,
" Si nous nous confeffons avec humilité.
" Cecy nous eft preſcrit par faint Iacques l'Apôtre,
" Quand il dit, confeffez vos pechez l'un à l'autre, (b)
" Aux Actes, les croyans, craintifs, tremblans, touchez,
" Venoient d'un cœur contrit, confeffer leurs pechez. (c)
" On avoit donc dés-lors cette fainte pratique.
" Les fideles fçavoient le pouvoir autentique,
" Que donna Iefus-Chrift de lier, délier, (d)
" A tous, & chaque Apôtre en fon particulier.
" Qu'il avoit bien voulu leur dire & leur promettre,
" Que tout ce qu'ils voudroient retenir ou remettre, (e)
" Aux hommes fur la Terre, il le feroit au Ciel :
" Leur fentence par là, doit eftre fans appel.
" Il le promit auffi de la même maniere,
" A tous leurs fuçeffeurs dans le faint Miniftere.
" Les Peres nous font foy de cette verité, (f)
" On ne la peut nier qu'avec temerité,
" On trouve en leurs Ecrits une preuve autantique,
" Que la Confeffion de tous temps fe pratique.
"   A C H I L L E.
"   Tout efprit fur cela doit eftre fatisfait,
" Ie vous diray pourtant l'objection qu'on fait.
" Vn homme, difent-ils, pecheur comme les autres,
" Qui n'a point herité des vertus des Apôtres,

(a) *Epit.* 1. c. 1. v. 9. (b) *Iac.* 5. v. 16.
(c) *Act.* 19 v. 18. (d) *Mat.* 18. v. 18.
(e) *Ioan.* 20. v. 23. (f) *Amb. de pœnit. lib.* 1. c. 2.
& 3. *Cyril. Alexand. Chrifoft.* 1. *de Sacer. Hilar. in*
Mat. 18 *Bafil.*

" Pourra-t'il feurement pardonner mon peché?
" Son crime eft un fujet qui le tient empêche.

PATRICE.

" On manque fort fouvent à bien juger des chofes,
" Quand on n'a pas l'efprit d'en démêler les caufes.
" Diftingons donc icy le principal Auteur,
" De celuy qui fous luy n'eft que difpenfateur,
" Ie veux dire en un mot la caufe principale,
" De la fous-ordonnée ou minifteriale :
" C'eft du premier Agent, comme le plus parfait,
" Et jamais du dernier qu'on dit venir l'effet.
" Le Peintre a fon Pinceau, l'Ecrivain a fa Plume,
" L'un fait un beau Portrait, l'autre écrit un Volume,
" Cét Ecrit fi parfait, & ce Portrait fi beau,
" Sont-ils attribuez à la Plume, au Pinceau ?
" Iamais à l'Inftrument on n'a donné l'ouvrage,
" Mais au Maître qui meut, qui conduit, qui ménage,
" Le Preftre qui pardonne eft un Agent fecond,
" Vn Miniftre de Dieu qui pardonne en fon nom.
" Vne comparaifon d'une chofe ordinaire,
" Te donnera du jour fur un fi haut Myftere.
" C'eft d'un homme malade en danger de mourir :
" Vn docte Medecin promet de le guerir,
" Plufieurs caufes pourtant concourent à fon aide,
" Le Docteur felon l'Art, ordonne le remede,
" Qui contient dans fon tout, plufieurs ingrediens,
" Capables d'expulfer ce qui peche au dedans.
" Le Vafe bien fcellé, de peur qu'il ne s'évente,
" Concourt en qualité de caufe contenante,
" Celuy qui fait du tout la difpenfation,
" Y contribuë auffi fon operation.
" Vn homme dans le crime eft un malade à plaindre,
" Il peut pourtant guerir, quoy qu'il ait tout à craindre,
" S'il veut avoir recours au Remede prefcrit ;
" Son fage Medecin, c'eft Dieu, c'eft Iefus-Chrift,
" Son Remede affuré, fa forte Medecine,
" C'eft la Grace qu'il donne efficace & divine,

" Le Vafe qui contient ce faint Medicament,
" Ce celefte Remede eft nôtre Sacrement,
" Celuy qui le difpenfe en caufe fecondaire,
" Ne remet les pechez que comme Commiffaire,
" S'il fait bien fon devoir, qu'il foit jufte ou pecheur,
" Il pardonne le crime au nom du Redempteur,
" Ce Medecin perclus, tout infecté de pefte,
" Sçait guerir, fçait fauver par un pouvoir celefte.

ACHILLE.

" Ie ne fçaurois douter que la Confeffion,
" Ne doive à Iefus-Chrift fon Inftitution,
" Vous m'en avez donné des preuves convaincantes,
" Par la Confeffion les ames penitentes,
" Trouvent de leurs pechez toute remiffion,
" Ont dequoy fatisfaire à leur devotion,
" Avec de feurs moyens pour detruire le vice,
" Gloire à Dieu, grace à vous charitable Patrice.

EGLOGUE X.

DE LA DIFFERENCE

des Promeffes faites aux Particuliers, & des Promeffes faites à l'Eglife.

GILET, HILAIRE.

GILET.

PEus qu'o fe fault virer, ô fault ben fe vifer,
Non pas comme beacot jurer, fe prejurer,
Se lier pre ferment fur la fainte Evangile,
Peus dés le premer vent quitter tout, foire gile,
La plûpart de nou gens ne font que blazonné,

On les peut comparer aux facs do Cherbonné,
Qui fe negrezifſant tretous, les ins les autre,
In feul entre trois cens qui foit le bon Apôtre,
Chuchetant, cherchotant, frat tant pre ſes difcoux,
Qu'en moings d'in viremoin, gle les gaſtrat tretoux.
O n'eſt pas lur quieuquy que gl'ait mais de ſcience,
Ny qu'on ly trouve ô tour meilleure conſcience;
In Mouſney ben ſouvent détourne in Avocat,
In Pegnoux, in Cardoux, d'autre d'in ſimple état,
Frat plier in Bourgeois, in Gentilhomme, in Iuge,
Si gle dit quiez trois mots, *l'Eternel*, *Mon Refuge*,
Ou queuque autre dicton do rime de Marot,
Gle les rendrat tretous mudaux queme do ſot.

HILAIRE.

Ie n'en ſuis point ſurpris, puiſque dans vos principes,
Les ignorans chez vous, confondent les Edippes,
Les plus grands idiots, bravent les plus ruſez.
Dis franchement, Gilet, de quoy ſont compoſez,
Vos Colloques par tout, Conſiſtoires, Synodes?
De Marchands, d'Artiſans, de gens de toute modes.
Vn Conſiſtoire au plus n'a qu'un Miniſtre ou deux,
Le reſte, ſont Selliers, Cordonniers, Fourbiſſeux,
Laboureurs, Vignerons, Voituriers de Leſſive,
Chacun d'eux a ſur tout, voix déliberative.
S'il s'agit de juger & d'excommunier,
Le Paſteur n'a pas plus le pouvoir de lier,
Que le moindre de ceux qui compoſent la troupe,
Chacun d'eux ſur cela, taille, coud, tranché, coupe.
Il ne s'arrête rien ſans colliger les Voix,
Vn Peintier, un Cloutier, un Cuiſtre, un Garde-bois,
(Comme il eſt ordonné par voſtre Diſcipline.)
Diſent leur ſentiment ſur les points de Doctrine,   (a)
Et s'ils ſont plus en nombre, il s'y faut arrêter,
Car ce ſeroit en vain qu'on voudroit conteſter;
On verroit auſſi-tôt rapporter ces Paſſages,

(a) *Art. 8. du Cha. 8. de la Diſcip.*

Que

Que Dieu donne aux petits, ce qu'il dénie aux sages. (a.)

GILET.

Au foit de la Doctrine y ne sçay point quieuquy,
Mas y vous diray ben franchement quieu qu'y vy;
Etant dans in grous Bourg ancen do Confistoire :
O l'arrivit in jour ine jolie Histoire ;
Nctre Ministre avet in frere Prepousant,
Qui n'a jamois passé pr'estre in do meil disant ;
Gl'avet in air tremblant, in prelange rouenche,
Gle nous préchet au fer, quasi tous les Dimoenche,
Quand l'on vejet les gens do Temple tous sorty,
Le Confistoire seul en estet averty,
De la part do Ministre, afin d'oïre son frere,
Et juger si gle sret propre au saint Ministere.
Quand le Ministre vit que gl'eut préché souvent,
Gle velit de chaquin sçaver le sentiment,
Et demandit tout haut qu'on diset de son frere,
Sur quieuquy les avis, ne furant pas sincere,
Car les premez ancéns, qui parlirant devant,
Diffirant haut & clair, que gl'estet fort sçavant,
Que gle meritet d'estre en ine grande Eglise ;
Gl'estet porté dos ins à quielle de Soubize,
Dos autre à Cheboutonne, & dos autre à Mougon,
D'autre eussant ben vegu le mettre à Charenton.
Quand gle l'eurant loüé pre complaire au Ministre,
Pas in n'ousit jamois ren dire de sinistre,
Sô n'est in Voiturer nommé Maître Sauquet ;
Qui passet dans quio temps pr'in homme de caquet,
Gle dissit au Pastoux, Monsu d'ame sincere,
Y diray men avis sur Monsu vetre frere :
Gle semble à l'Apprenty do Marichau Nivard,
Quand son maître est present gne fait ben que pr'hazard,
Mas quand gn'est point present, gle ferre de merveille,
De même devant vous vetre frere bucheille ;
Quand vous n'estez point quy, gle dit prou joliment,

(a) *Math.* II. v. 25. *Luc* 10. v. 21.

M

N'allez donq ja pareſtre à ſon commencement,
Au Colloque ou Synode, où gle ſrat paſſé Maître;
Car y ſrez ben trompé ſi gl'en tiret ſes gueſtre.
Tout le monde approuvit le diſcours de Sauquet,
Quio rict, quio jazet, & l'autre ſe moquet,
Quieu penſit démonter tout nètre Conſiſtoire;
L'in diſet d'in coûté, gle manque de mimoire,
Témoing in tau vreſet que gl'at mis en oubly,
L'autre diſet tout haut, que gn'eſtet pas poly,
D'autre que gle hoquet, & manquet d'hardieſſe,
Et que gle pareſſet être tout d'ine peſſe.
Que gl'avet ine mine, in lengage, in accens,
Qui ne pouvet ſervir qu'à degoûter les gens.
Le Miniſtre ſur quieu ſe mit en grand colere,
De ver qu'on denigret itau ſon pauvré frere.
Cependant tout quio brut ne fut point aboly;
Que quand le Prepouſant fut retiré chez ly.

HILAIRE.

Ie connois au travers d'une telle bevüe,
Dans voſtre Conſiſtoire un eſprit de cohüe.
On y parle d'abord contre ſon ſentiment,
On exagere aprés, peu charitablement,
Les défauts reconnus qu'on avoit voulu taire;
Vn Corps de Reformez eſt-il ſi peu ſincere?
La Secte eſt un party de pur déguiſement;
Pour attirer les gens, dés le commencement,
Elle leur déguiſoit ſa ſecrete impoſture,
En ne leur propoſans que la ſainte Ecriture,
Les flattoit tous du Don d'interpretation,
L'Eſprit ſaint accordant cette Conceſſion,
A tout particulier qui d'une ame fidéle,
Embraſſe & ſuit la Foy de la Secte nouvelle;
L'aſſure outre cela, qu'il eſt predeſtiné. (a)
Nul donc d'entre ces gens ne peut eſtre damné ?
Heureuſe Nation ! géns d'inſignes proüeſſe !

(a) *Catec. Dim.* 13.

« Qui, quoy que tranfgreffans la Loy de Dieu fans ceffe,
« Sont affurez d'aller tout droit en Paradis ;
« C'eft le Leurre, Gilet, dont celuy que tu dis ;
« Se fert affurément pour faire fes conquêtes ,
« S'il gagne en chuchetant des deux & trois cens têtes,
« Mais fi l'on demandoit à ces predeftinez,
« Qui s'affurent fi fort de n'eftre point damnez,
« S'ils font bien affurez de poffeder la Grace ?
« S'ils repondent qu'ils l'ont, c'eft une extréme audace,
« Qui s'en peut affurer fans revelation ?
« En quel lieu de la Bible eft-il fait mention,
« Qu'aucun particulier, quelque chofe qu'il faffe,
« A droit de s'affurer qu'il eft toûjours en grace ?
« Ou bien fe faire fort d'eftre predeftiné :
« Pour les Reformez feuls, ce privilege eft né,
« C'eft pour eux , & par eux une grace alleguée,
« Mais malheureufement elle n'eft pas prouvée.
« L'Ecriture jamais ne nous a dit un mot,
« Qui nous puiffe attacher au principe Huguenot.
« Nous tenons de faint Paul cette maxime fainte, (a)
« D'operer le falut en tremblement & crainte.
« Tout grand Saint qu'il eftoit, il nous dit franchement,
« Qu'il accabloit fon corps d'un rude châtiment, (b)
« De peur qu'ayant préché, comme ont fait les Apôtres
« Chrift ne le réprouvât, comme il fera tant d'autres,
« A qui, quoy qu'en fon nom, ils fiffent tout cy-bas,
« Il répondra tout franc, je ne vous connois pas.
« Ils auront beau , dit-il, alleguer leur Miracles, (c)
« Leurs efforts & leurs foins, leurs Sermôs, leurs oracles.
« Saint Pierre nous apprend que la bonne action, (d)
« Doit fur terre affermir noftre vocation :
« Ce qu'on doit affermir n'eft de nulle affurance,
« Non plus que ce qui tient l'efprit en defiance ;
« L'un dit pour le falut, qu'il faut craindre & trembler,

(a) *Phil.* 2. v. 12.   (b) 1. *Cor.* 9. v. 17.
(c) *Mat.* 7. v. 22.   (d) 2. *Petr.* 1. v. 10.

" L'autre qu'œuvre fur œuvre, il faut accumuler;
" Comment accommoder ce Dogme Apoftolique,
" Au principe flateur de la Foy Calvinique?
" Dites-nous donc, Meffieurs, en quel lieu vous prenez,
" *Que Dieu vous a choifis élûs predeftinez ?* (a)
" Eft-ce dans vos cerveaux? eft-ce dans l'Ecriture ?
" Dans le fens litteral, myftique, ou de figure ?
" Vos Pafteurs ont fi fort inculqué cette Erreur,
" Qu'on ne peut à prefent vous l'arracher du cœur.
" Comme on ne croyoit pas leur Doctrine fufpecte
" Ce Leurre eftoit tout propre à faire enfler la Secte.
" Vn pecheur que vos gens croyoient déja damné
" S'enrolant parmy vous eftoit predeftiné.
" Et dés lors dans le Ciel on affuroit fa place,
" Puifqu'au petit troupeau Dieu faifoit pleine grace.
" Nous promettre de Dieu plus qu'il ne nous promet
" C'eft un excez hardy, c'eft une Erreur qu'on fait ;
" C'eft à fon Ecriture, ajoûter noftre ouvrage,
" En un mot, en fon lieu, mettre une vaine Image.
" Ceux de voftre party donnent dans cette Erreur,
" Croyant venir de Dieu ce qui vient de leur cœur.
" La preuve de leur grace abfoluë & plus feure,
" Se trouve en leur efprit, & non dans l'Ecriture.
" Peuple élû, gens choifis, vous eftes fafcinez,
" De croire ainfi fans preuve eftre predeftinez ?
" Recevez donc de nous ces avis falutaires,
" Que nous avons puifez aux fources des lumieres.
" Que nul particulier fans revelation,   (b)
" Ne peut eftre affuré de fon Election.
" Non : nul particulier, quelque chofe qu'il faffe,
" Ne nous fçauroit donner des preuves de fa grace.
" Nul ne fçait, dit le Sage, en ce mortel fejour,
" S'il eft digne de haine, ou bien digne d'amour. (c)
" Dieu luy taît ce fecret de fa volonté fainte,

(a) *Cat. Dim.* 13. *Confef. de Foy Art.* 21.
(b) *Conc. Trid. Seff.* 6. *c.* 12. *& 13.* (c) *Eccl.* 9. *v.* 6.

Parce

" Parce qu'il veut de luy son amour & sa crainte.
" Dieu ne luy promet rien que sous condition,
" Dont l'issuë est toûjours hors de sa notion.
" Nous avons de cecy des preuves plus de mille,
" Soit au Vieux Testament, soit dans nôtre Evangile.
" L'Ecriture nous dit par tout à tous momens,   (a)
" Qu'il faut faire & garder les saints Commandemens,
" Pour-avoir part un jour à la vie éternelle,
" La vie est donc promise à toute ame fidéle ;
" Mais en executant cette condition,   (b)
" Dieu doit rendre à chacun selon son action,   (c)
" C'est à ce prix qu'il donne, & sa grace & sa gloire,
" Iesus-Christ nous l'assure, ainsi le faut-il croire,
" Si vous gardez mes Loix, dit-il, aux siens un jour,
" Vous demeurerez tous sans cesse en mon amour.(d)
" On void que la promesse est conditionnée,
" Ce qui fait condamner la Doctrine erronée,
" Des gens qui se font fort de leur election,
" Par leur caprice seul, sans revelation.
" Les plus zelez d'entr'eux disent avec audace,
" Nous sommes assurez que nous avons la Grace.
" Chacun d'eux dit par tout, je ne me donne rien,
" Ie donne tout à Dieu, luy seul est mon soûtien.
" Ie ne suis point Docteur, je ne suis qu'un simple hôme,
" Mais je brave l'Eglise & les Docteurs de Rome,
" Car lisant l'Ecriture avec devotion,
" L'Esprit saint m'en donnant la pénétration,
" I'en trouve le vray sens, cet Esprit que j'écoûte,
" Sur mon Election ne me laisse aucun doute,
" Est-ce le saint Esprit, ou sa prévention ?
" Qui luy donne de soy cette presomption ?
" Helas ! quoy qu'il se die, & quoy qu'il se promette,
" Ie voy que sur cela l'Ecriture est mûette.
" Au côtraire, j'y voy que beaucoup d'ignorans, (e)

(a) *Mat.* 19 *v.* 17. (b) *Rom.* 1. *v.* 6 (c) 2. *Cor.* 5. *v.* 10.
(d) *Ioan.* 15. *v.* 10.   (e) 2. *Pet.* 3. *v.* 16.

N

" A leur propre ruine en tournent mal le sens.
" Il faut donc en cecy que chacun se défie ;
" Saint Pierre nous apprend que nulle Prophetie, (a)
" N'est de particuliere interpretation ;
" Mais les Reformateurs ont eu l'invention,
" De faire à leurs suppots accroire le contraire ;
" Cependant nous verrons Reformer cette affaire,
" Quand nous raisonnerons sur les faits de Dordrect,
" Et que leurs bons Pasteurs ordonnant le respect,
" Que chacun doit porter aux Decrets du Synode,
" Changent selon les temps, de maxime & de mode.
" Mais je suis mon sujet, & sans rien oublier,
" Ie dis qu'ayant montrè qu'aucun particulier,
" Pendant qu'il est vivant ne peut prouver sa grace ;
" A l'ègard de l'Eglise, il faut changer de face,
" Elle est de Iesus-Christ, & le Peuple & l'etat,
" C'est sous ses Etendards que tout Chrétien combat,
" Aussi son Ecriture en maniere efficace,
" Nous prouve en cent endroits, & ses Dons & sa Grace,
" Nous luy voyons souvent marquer son unité,
" Son Esprit, sa durée, & son authorité,
" Mais nos bons Reformez, malgrè cette Ecriture,
" Décrient cetté Eglise, & luy chantent injure,
" La nommant Babilone, ou le malin Esprit,
" Contre la Loy de Dieu fait regner l'Antechrit.
" L'Enfer l'a donc vaincuë, & contre l'Evangile,
" A rendu du Sauveur la promesse inutile.
" Témoignages divers de Iesus d'une part,
" Et de l'autre de gens suscitez par hazard :
" Qui contestent entr'eux au sujet de l'Eglise ;
" Sur Elle, dit Iesus, l'Enfer n'a point de prise,
" Il ne pourra jamais la jetter dans l'Erreur :　　　(b)
" Les autres nous en font une Secte d'horreur,
" Qui ne nous préchant plus qu'une fausse Doctrine,
" Par son Idolatrie est tombée en ruine.　　　(c)
" Voilà d'un même objet deux differens Portraits,

(a) 2 Pet. 1. v. 10. (b) Mat. 16. v. 18. (c) Conf. de F. A. 31.

" L'un d'un beau Coloris , & l'autre de faux traits.

" Qui prevaudra fur nous , de ces deux témoignages .

" Celuy de Iefus-Chrift eft dans les faintes pages :

" Mais celuy des derniers, eft tiré du cerveau,

" De gens qui fe font dits, fufcitez de nouveau.

" Le faint Efprit indique à qui l'on en doit croire,

" L'Eglife void ainfi , la promeffe avec gloire,

" Affurée & prouvée, en nos facrez Cayers ,

" Privilege qui manque à tous Particuliers ,

" Puifque nul des vivans ne peut trouver fa grace.

" Mais où va de vos gens la témaire audace.

" De fe jacter qu'ils ont chacun le faint Efprit,

" Et de le dénier à l'Eglife de Chrift ?

" Sa Puiffance fur Terre eft fi bien établie,

" Qu'au nom de Iefus-Chrift elle lie & dèlie,   (a)

" Lier & délier felon tous les Docteurs,

" Regarde la Doctrine auffi bien que les mœurs.

" Cependant felon vous, fa Doctrine fufpecte.

" Doit ceder à l'inftinct d'un feul de vôtre Secte.

" Saint Paul nous trompe donc, & fans témerité ,

" Il ne la peut nommer l'appuy de verité.   (b)

" Le même écrit à Tite , évite l'Heretique ?

" L'Heretique eft celuy qui fur la Foy publique,

" Que profeffe l'Eglife à de faux fentimens,

" Qui méprife fes Loix & fes Enfeignemens.

" Saint Paul nous montre donc en difant qu'on l'évite ;

" Qu'etant contre l'Eglife , il eft par même fuite.

" L'objet de la colere & du mépris de Dieu,

" Puifque Dieu recōmande à tout homme en tout lieu ;

" D'écouter, d'honorer , & refpecter l'Eglife,

" Et traitte de Payen celuy qui la méprife.   (c)

" Ecoutons fa Doctrine , elle eft du faint Efprit,

" Et quiconque l'ecoute, écoute Iefus-Chrift,   (d)

" Qui l'affifte toûjours jufqu'à la fin du monde.   (e)

(a) *Mat.* 18. v. 18. (b) 1. *Tim.* 3. v. 15. *Tit.* 3. v. 10.
(c) *Mat.* 18. v. 17. (d) *Luc.* 10. v. 16. (e) *Mat.* 28. v. 20.

" C'eſt ſur ces veritez qu'un fidéle ſe fonde,
" Lors que ſur ſa conduite & ſon inſtruction,
" Il ſuit ce qu'elle ordonne avec ſoûmiſſion.
" Comparez à eecy la vaine confiance,
" Qu'a chacun de vos gens dans ſon intelligence,
" Sur le ſens de la Bible, & dont, à ce qu'il dit,
" Il tient le don d'en haut, reçû du ſaint Eſprit.
" Ce bon Particulier ſe croit donc infaillible,
" S'il ne ſe peut tromper ſur le ſens de la Bible :
" Chacun de vous pretend poſſeder en ce cas,
" L'infaillibilité que l'Egliſe n'a pas :
" Car bien qu'en l'Ecriture on la trouve infaillible,
" Vos plus ardens Paſteurs, ont tenté l'impoſſible,
" Pour luy ravir ce don, que luy fit le Sauveur,
" La voulant faire voir ſuſceptible d'Erreur.
" Trouvez de vôtre don la preuve en l'Ecriture ?
" Ou ſouffrez qu'on appelle une impudence pure,
" Ce qui vous rend certains de vôtre Election ?
" Vn Huguenot, ſans preuve a la preſomption,
" Comme predeſtinè d'eſtre toûjours en grace,
" L'aſſurer ſans prouver, c'eſt une pure audace.
" Ils doivent cét Eſprit, dont ils enflent leurs cœurs,
" A la ſuggeſtion de leurs Reformateurs.

GILET.

Que pourrez-y tout ſeul dire ſur quio Chapitre ?
Vejant que nou Miniſtre ont emporté nou Titre :
O fault icy do gens meil entendus que mé,
Pre ſauvé netre grace, & pre s'en eſcrimé.
Pre mé, ſans veler tant foüiller dans les Creance,
Y me laiſſez mener, comme un autre, à la dance,
Sans aver jamois fait tant de reflexion,
Sur le choix, ſur la grace, & ſur l'election :
Et ſans tant barguiné ny foire tant l'Apôtre,
Dans ma Religion y creez queme in autre,
Y liſez l'Ecriture avec in grand reſpect.
Mas prouvez-me vous-meſme au ſujet de Dordrect,
Comme vous avez dit, que dans quio grand Synode,

Nous Paſtoux ont changé de maxime & de mode ?

HILAIRE.

" Souviens-toy que j'ay dit dés le commencement ;
" Que vos Reformateurs pour tout allechement,
" Ne propoſoient aux gens que la ſainte Ecriture,
" Pour leur Regle de Foy, de mœurs & de droiture.
" Ils l'a diſoient niveau de toute verité,   (a)
" Recuſoient hautement toute l'Antiquité,
" Coûtumes, Iugemens, Arreſts, Decrets, Conciles,
" Rendoient pour l'expliquer, tous leurs cliens habiles.
" La Secte en cét état demeura cinquante ans :
" Mais lors qu'Arminius avec ſes Remontrans,
" Prêcha dans les Etats, ſa Doctrine nouvelle,
" On vit naître au party, querelle ſur querelle,
" La Secte déſolée, & la Reforme en feu,
" La Hollande en ſon ſein, voyant joüer ce jeu,
" Crût que pour appaiſer des noiſes infinies,
" Qui pouvoient deſunir les Provinces Vnies,
" Il falloit qu'un Synode aſſemblé promptement,
" Prevint par ſes Decrets tout inconvenient.
" La Ville de Dordrect comme la plus commode,
" Fut le lieu deſtiné pour tenir ce Synode,
" Qu'on doit non-ſeulement dire National,
" Mais le plus fameux meſme, & le plus general,
" Que la Reforme ait veu depuis qu'elle eſt Reforme,
" Qui ſurpaſſe en renom la Diete de Vorme.
" Là Surveillans, Anciens, Diacres & Paſteurs,
" Et de tout le party les plus ſçavans Docteurs,
" Venoient de tous côtez des Villes Calviniſtes,
" Pour juger le Procez d'entre les Gommariſtes :
" Et ceux que l'on nommoit pour lors Arminiens,
" Qu'on fit paſſer depuis pour des Pelagiens,
" A cauſe qu'ils avoient des ſentimens contraires,
" A ceux qui de la Secte avoient été les Peres,
" Calvin, Beze, Martyr, Zanchius, Capiton.

(a) *Conf. de Foy Art. 5.*

" Sur les Points de la Grace & de l'Election.
" Les Rrémontrans voyant que là, leurs adversaires
" Devoient en Souverains, juger de leurs affaires.
" Se pourveurent contr'eux par Oppositions :
" Et firent hautement leurs Protestations ,
" Recusans ce Synode & cette Compagnie,
" Dont chacun se rendoit leur Iuge & leur Partie.
" Puis qu'ayant décrié leur Doctrine en tous lieux,
" Ils devoient être exclus de prononcer contr'eux.
" Il leur fut repondu d'un air peu favorable,
" Que l'Opposition n'estoit pas recevable ;
" Que si l'on déferoit à tels empêchemens ,
" L'Eglise ne pourroit donner ses Iugemens,
" Contre aucun Delinquant, contre aucun Heretique,
" Et comme l'on voyoit de tous temps la pratique ,
" Que lorsqu'à quelque Erreur on vouloit dôner cours,
" Les plus zelez Pasteurs y resistoient toûjours.
" S'ils se jettoient par là dedans l'incompetence ,
" De pouvoir en Synode en prendre connoissance,
" Iamais la verité n'auroit de Defenseurs,
" Et l'on verroit par tout triompher les Erreurs.
" Qu'ils devoient au Synode avoir l'ame soumise,
" Comme freres en Christ, dans une même Eglise.
" Ainsi l'on éluda leur Opposition,
" Dont s'ensuivit bien-tôt leur condamnation.
" Delà, je puis tirer la juste consequence,
" Que puisque ce Synode avoit toute puissance,
" D'examiner, juger, condamner les Erreurs,
" Du pauvre Arminius, & de ses Sectateurs,
" Puisqu'ils faisoient ensemble un même corps d'Eglise,
" Il s'ensuit de ce fait cette raison precise ,
" Que l'Eglise en laquelle on void des Contendans,
" Sur la Foy, sur les mœurs , ou d'autres incidens,
" A le droit absolu de s'en faire le Iuge,
" S'en vouloir dispenser ce n'est qu'un subterfuge.
" Delà l'on doit juger, que vos premiers Auteurs,
" Que vous honorez tant, comme Reformateurs,

" Se trouvant dans le sein de l'Eglise Romaine,
" Si quelques Points de Foy leur faisoient de la peine,
" Devoient de cette Eglise attendre un Iugement,
" Et non pas de leur chef & propre mouvement,
" S'attribuer le droit de condamner leur Mere :
" Mais selon le principe & la regle ordinaire,
" Attendre d'un Concile une décision ,
" L'on doit juger par là leur protestation,
" Contre l'authorité du Concile de Trente,
" Vaine, injuste, orgueilleuse, énorme, extravagante,
" Ou du moins qu'au Concile ils manquoient de respect
" Comme les Remontrans manquerent à Dordrect.
" Et comme on croit ceux-cy selon l'antique mode ,
" Tres-legitimement condamnez au Synode,
" On doit bien croire aussi qu'indubitablement,
" A Trente on condamna les autres justement.
" Ie trouve sur ce fait une raison si forte,
" Qu'on ne peut éluder la preuve qu'elle emporte,
" A Dordrect le Synode étoit National,
" Et tel qu'en la Reforme il n'en est point d'égal,
" Puisqu'elle n'en a point d'authorité si grande,
" Cependant ce Synode estoit pour la Hollande,
" Pour vos Pasteurs Anglois, de Hesse, d'Ingolstat,
" De Geneve, de Breme & du Palatinat;
" Mettons-y de surcroît vos Ministres de France,
" Puisqu'ils s'y sont soûmis même avec reverence.
" En bonne verité peut-on avec raison,
" De ces gens tous voisins, faire comparaison ;
" Avec de saints Docteurs, de science profonde,
" Et d'augustes Prelats, venus de tout le monde,
" Dans la Ville de Trente avec un même esprit,
" En Concile assemblez au nom de Iesus-Christ ?
" Où representans tous l'Eglise universelle,
" Ils ont fait triompher sa Doctrine fidele,
" Sur des gens tout nouveaux, de l'Enfer suscitez,
" Qui semoient mille Erreurs contre ses veritez.
" A Dordrect tout nouveau, gens nouveaux, nouveau zele

" Nouveau Synode, enfin Religion nouvelle.
" A Trente, la Doctrine est dés les premiers temps,
" Des Prelats successifs depuis seize cens ans,
" Ont tenu le Concile à la façon des Peres,
" Qui tinrét les premiers, quãd ils avoient leurs chaires.
" Au contraire, à Dordrect tous ces nouveaux Pasteurs,
" Ont fait contre les Loix de leurs premiers Auteurs :
" Ces grands Innovateurs qui crioient *l'Ecriture*,
" Ont reçû dans Dordrect une terrible injure.
" Puisque leurs descendans qui s'y sont mocqué d'eux,
" Ont méprisé leur Regle, & crû qu'ils feroient mieux,
" D'usurper un pouvoir qu'ils croyoient legitime,
" En gouvernant leurs gens par une autre maxime,
" Puisqu'ils les ont contraints par Sermens redoublez,
" D'obeïr au Pasteurs en Synode assemblez.
" N'ay-je donc pas prouvé que ce fameux Synode,
" A changé parmy vous, de maxime & de mode.
" Sans cela, ce Synode eût été rejetté,
" Comme ayant decidé contre la verité,
" puisque tous ses Docteurs ont mis à la torture,
" Et sous leurs sentimens fait plier l'Ecriture.
" Mais comme ils ont voulu qu'avec soumission,
" Tout le party reçût leur explication,
" Et que les Opposans aux Doctrines décises,
" Fussent absolument bannis de leurs Eglises,
" Comme Infracteurs des Loix attachez aux Erreurs ,
" Ils ont fait le procez à leurs Reformateurs,
" Qui par même raison devoient plier sans peine,
" Sous les decisions de l'Eglise Romaine,
" Puisqu'étant leur Eglise unique dans leur temps,
" Elle devoit juger de tous leurs differens.
"

GILET.

Vous avez si ben dit, qu'y n'ay ren à redire ;
En véquy prou pre mé, quieu semble det suffire ;
Pre m'engager sans feinte à ma Conversion,
Vetre discoux me plaît, y fay reflexion,
Sur quio grand changement, de Maxime & de Mode,

Et

Et fur les miquemât qui fe font aux Synode,
Y fçay ce qu'on y dit, y fçay ce qu'on y fait ;
Y fçay ce qu'on y baille, y fçay ce qu'on promet,
Y z'y fus deputè deux fois d'in Confiftoire,
Parce qu'on me créoit entendre les affoire;
Mas y crè que ma bourfe éter le feul fujet,
Qui me fafet cheufir pre porter le Paquet.
O fe foit tout iquy pre compere & commere,
Et la plûpart do gens y font difans que vére,
Quiellez s'authorifant, qui parlant les plus hault,
Et les autre pliant queme godelurault.
Fiez-vous donq en zeux fur les Point de Doctrine?
Peufqu'o n'en fault que deux, in pois de rude mine,
Qui fçachant meil parler & doler loux leçon,
Pre les foire tretous chaufler à loux chauffon.
Sans doute que Gommard d'humeur fiere & hardie,
Fit de même à Dordrect, pre gagner la Partie,
Et pre foire feuzer les pouvre Rémontrans.
Qu'o fet queme ô pourrat, y quitte quiellez gens,
Pre trouver do falut, la route la plus feure,
Peufque gn'avant pre zeux ren moins que l'Ecriture.

EGLOGUE XI.

RAISONS QUI DOIVENT
porter nos Freres, à fe réünir de bonne Foy à l'Eglife Catholique.

ZACARIE, SANSON.

SANSON.

DEPEUS fix ou fept mois y fé tout dérengé,
D'humeur, d'efprit, de cœur, y me fens tout changè,
O l'eft ben à quiet cot, bon-houme, Zacarie,

O

Qu'y juge, itau que vous, netre Eglise perie,
La plûpart de nou gens ont quitté le party,
Nous Ministre sont foüyt, ou se sont converty.
Que frans nou quy tous deux?donnez-mé vous lumere?
Y veil vous crere en tout, quemey crerez mon Pere.

ZACARIE.

Quand je t'auray fait part de mes Reflexions,
Peut-estre suivras-tu mes resolutions,
Car je te croy, Sanson, d'ame assez ingenuë,
Pour ne pas impugner la verité connuë?
Depuis plus de deux ans une Inspiration,
Engagea mon esprit dans l'applieation,
Des sentimens divers, d'entre les Catholiques,
Et ceux qui sont imbus des Dogmes Calviniques,
Et je remarque entr'eux, & tous leurs adherans,
Sur la Religion principes differens,
Ie voy sur le salut, ce sujet si sublime,
Qu'ils sont d'accord entr'eux d'une seule maxime,
Qui fait des deux partis la souveraine Loy;
Ils disent qu'il faut croire aux Articles de Foy;
Est-il rien de plus juste & de plus legitime?
Mais chatun d'eux ensuite a sa propre maxime.
Si chacun doit, pour croire, examiner par soy,
Tous & chacuns les Points, qui regardent la Foy,
Sur cela les partis ont maxime contraires,
Ces recherches aux uns, ne sont pas necessaires,
Le Romain ne croit pas estre obligé par soy,
De sonder tous les Points qui regardent sa Foy,
Ny d'en faire en détail discussion précise,
Ce qu'il croit, il le croit, sur la Foy de l'Eglise.
Mais il n'est pas de même entre les Reformez,
Dés le commencement ces gens s'étant armez,
A la destruction de l'Eglise Romaine,
Ne trouvoient, disoient-ils, nulle Eglise certaine,
Sur la Foy, sur les mœurs, que celle des Elûs,
Que de peur d'estre induits en Dogme superflus,
Qui pouvoient éloigner de la verité pure,

Il falloit tout peſer au poids de lEcriture ,
Ils avoient de ſaint Paul , entr'eux cette leçon ,
Sondons tout, n'admettons que ce qui ſera bon.
L'Egliſe des Elûs eſt la ſeule infaillible ,   (a)
Cependant cette Egliſe eſt toûjours inviſible.
Toute Egliſe viſible eſt ſujette à l'Erreur ,   (b)
C'eſt donc à l'Ecriture-a guider nôtre cœur.
Tu voy par là , Sanſon . que tous tant que nous ſommes,
Ne devons recevoir les rapports d'aucuns hommes ,
Quelques Doctes qu'ils ſoient , s'ils ne ſont point Elûs,
Ils pourroient nous jetter en Dogmes ſuperflus.
Qui nous éloigneroient de la verité pure ;
N'ayons donc nul égard , qu'à la ſeule Ecriture :
Et que chacun de nous , ſoit à ſoy ſon Docteur,
Evangeliſte , Apôtre, Interprete & Paſteur
C'eſt ſur ce fondement que j'ay fait l'entrepriſe ,
D'examiner au fond l'état de nôtre Egliſe.
Ie voy qu'en ma maiſon ce fut mon Bizayeul ,
Qui ſe fit Huguenot , & qui porta luy ſeul ,
Ses gens à profeſſer la nouvelle Créance,
I'ay voulu m'éclaircir ſur ſon intelligence ,
Puiſqu'en Religion il vouloit raffiner ,
Ie trouve en des Contracts qu'il ne ſçût pas ſigner ;
O l'habile Docteur ! m'écriay-je en moy-même ,
Sans doute ce bon-homme avoit peur du Carême ,
Il vouloit faire gras les jours de Vendredis ;
Mais : je manque au reſpect, non non , je m'en dédis ;
Ce fut le ſaint Eſprit , ou la ſainte Ecriture,
Qui luy fit embraſſer cette Doctrine pure :
Mais pour bien m'aſſurer que c'eſt le ſaint Eſprit,
Il faudroit pour cela le montrer par écrit.
Me peut-on aſſurer que ce fut l'Ecriture ?
Puiſqu'il ne ſçût pas lire, il n'en prit pas lecture ;
Si ſans examiner cette Religion,
Il s'en fit par caprice ou par contagion,

(a) 1. Theſ. 5. v. 21. (b) Cat. Dim. 16.

C'eſt un coup imprudent & ſi reprehenſible,
Qu'il ne ſçauroit trouver d'excuſe dans la Bible.
Moy qui plains ſa folie & ſa legereté,
J'ay voulu par ailleurs chercher la verité,
Et j'ay voulu de prés examiner les choſes,
Les motifs du party, ſes principes, ſes cauſes.
J'ay leu ſoigneuſement les Livres de Calvin,
Et remarqué par tout qu'il a l'eſprit ſi vain,
Qu'il fait paſſer aux ſiens, ſans qu'aucun en murmure,
Ses propres ſentimens pour la ſainte Ecriture.
Quand il dit que par Foy l'on mange au Sacrement,   (a)
Le vray Corps du Sauveur ſubſtantielement,
Qu'il dit, qui n'eſt qu'au Ciel, en preſence Divine,
Les ſiens avec reſpect, paſſent cette Doctrine,   (b)
Quoy qu'elle n'ait jamais eu d'autres Auteurs que luy,
Et que même les ſiens n'en ſoient plus aujourd'huy,
Ses Contradictions, & quelques-autres vices,
Leur ont fait embraſſer les ſentimens des Suiſſes. (c)
Puiſqu'il nous eſt conſtant, qu'on rebute à la fin,
L'Interpretation revelée à Calvin,
Doit-on le regarder comme un homme infaillible,
Sur les ſecrets de Dieu, ſur les ſens de la Bible?
S'il a pû ſe tromper, pourquoy le croyons-nous?
Faut-il que cét eſprit nous ait faciné tous,
Pour nous faire embraſſer ſa nouvelle Doctrine?
Qu'a-t'il pour faire voir qu'elle eſt ſainte & divine?
Quoy ſecouer le joug des ſaints Commandemens?
Quoy ſupprimer d'un coup cinq de nos Sacremens?
Dire que la Foy ſeule, aux ſiens donne aſſurance,   (d)
D'avoir un jour du Ciel la plaine joüiſſance?
Dire que leurs enfans ſont tous predeſtinez,
Et que Dieu les rends ſaints, même avant d'eſtre nez.

(a) Cal. inſt. 4. c. 17. §. 7. & 10.
(b) Conf. de Foy Art. 36. Catec. Dim. 51. 52. 53.
(c) Preſervatif 195. 196. 197.
(d) Dim. 13.

En

En leur laiſſant pourtant la coulpe originelle, (a)
Sans leur ôter le droit à la vie èternelle. (b)
Eſtre dans la diſgrace, & juſte en même-temps,
Cela ne dit-il rien, qui repugne au bon ſens?
Sur nos opinions j'ay leu, Livre ſur Livre,
Et je proteſte icy, que je ne ſçay qui ſuivre.
Tous nos Reformateurs ſont en deſunion ;
Ils ont fait Schiſme entr'eux ſur la Communion.
Luther qui de nós gens , fut le premier Apôtre,
Nous dit d'une façon, Zuingle dit d'une autre ;
L'un ou l'autre nous trompe, & l'un ou l'autre ment,
Calvin qui vient enſuite, eſt d'autre ſentiment.
A qui donc s'attacher de ces divers Apôtres?
Croyrons-nous à Calvin, ou ſuivrons-nous les autres?
Qui d'entre les Mortels peut dire en ſeureté,
Lequel de ces Docteurs, a dit la verité.
Le ſaint Eſprit, dit-on, a parlé par leurs bouches,
Mais ſi l'un d'eux voit clair, les deux autres ſont louches.
Et ſi chacun des trois eſt juſte en ce qu'il croit,
Le ſaint Eſprit ſans doute, a ſoufflé chaud & froid ;
Soufflé chaud à Luther, ſoufflé froid au gros Suiſſe,
Soufflé tiede à Calvin, comme étant leur Novice.
Et tous ceux qui ſe ſont de Rome départis,
Ont pris ſelon les lieux , un de ces trois partis.
Qui donc de leur ſalut ont le plus d'aſſeurance,
Ou de ceux d'Allemagne , ou de Suiſſe, ou de France?

S A N S O N.

Zacarie à preſent vous me deſandormez,
Peut-on ſe repouſer ſur quiellez Reformez?
Quio dit vert, quio dit gris, quio dit roux, quio dit jaune,
Y vé que tout loux fait n'eſt qu'ine Babilaune.
L'Eſprit qui les conduit, ne les peut accordè,
Quieu l'eſprit eſt-o quieu? Dieu m'en veuge gardé.
Tantous oüy, tantous non, ſur les meſmes affoire,

(a.) Forme d'adminiſtrer le Baptême.
(b) Article de Foy 11.

P

Dieu peut-eil enfeigné do Doctrine contraire ?
Mé , bonne gens , qui lis fans eftre ben fçavant,
Y fçay ben que Calvin dés le commencement,
Trouve à dire à Luther, au Sujet de la Cene,
Que fon opinion vault moings que la Romaine,
Que gne fçaret fouffrir fon impanation,   (a)
Que gl'appelle ine Erreur de fon invention,
Et que gl'eft moings modefte en fon extravagance ,
Que le Romain qui croid, changement de fubftance,
Tous nous gens ont long-temps chanté fur mefme ton,
Mas in grand vent de Nort foufflant à Charenton,
Fit entonner aux netre ine Palinodie,
Pre nous accorder meil avec la melodie :
L'inflexion de voix, les note, les façon,
De nous Freres d'Ausbourg. , & chanter loux Chanfon.
Dans l'accord Synodal, la prefence rèelle,
Ne fut plus in redat, non plus qu'Erreur mortelle, (b)
La Doctrine en fut bonne, & n'eut plus de venin,
Nobftant tous les difcours de Beze & de Calvin.
Ne révenans de loing, nous Points de Foy font autre,
Que gne furant do tems de nos premez Apôtre.
Quieu me fait ben juger qu'o fodrat qu'à la fin,
Ne revengions tretous à nous premez chemin.
Rolland qui ben que mal s'échauffe à contredire ,
Qui vet, qui vent, qui court, qui vire & qui dèvire,
Sçachant qu'y velez foire in voyage à Poité,
Veguit pre fes affoire y venit avec mé.
Ne virans pas plûtôt la Chapelle de Grace,
Que quio l'houme échauffe, dicit avec audace,
Que le chemin de gauche eret le plus aifé ;
Mé, qui fut quio chemin, n'ay jamois biaizé,
Et qui l'ay foit, qu'y cré, deux cens fé dans ma vie,
Y ly diffi, Rolland, cré me en quieu , je te prie ?
Y m'en vay te mener pre le chemin plus dret ?

(a) *Calv. Vlt. adm. ad Veftph. p.* 829.
(b) *Synode de Charenton* 1631.

Mé te crere, fit-eil, eſt ben fou qui te crer,
Quand y t'entends parler, ô m'eſt avis qu'y fauche.
Quand gle m'oguit dit quieu, gle prenguit ſur la gauche.
Ha ! que gle fit bea vere en in bea jour d'hyver,
De courir les Bechras, les Monts do poy d'Enfer,
Coûtoyer Aubegné, la Noüe & l'Eſtortere,
Boisferrant, Breilmerault, Peuſnau, la Cognonnere,
Galopper tous les Bois, peu las, crottoux, moüillé,
A quatre heure de neut ſe trouver à Roüille,
Songeant à mes avis, dont gue profitit guere,
Me, qui fis dés quio joux à Poité mes affoire,
Repaſſant à Roüille, pre retourner chez nous,
Y zy trouvy Rolland ſur ſon Chevau boiteux,
Qui me fit arreſter pre me conter ſa poine.
Y zé poyé, fit-eil, de ma Route incertaine ;
Y cré que de ma vie y ne ſouffriray tant ;
Dés qu'y vous eut quité, mon Traquenard trottant,
Fit environ trois lieux de Village en Village,
Peu m'étant engagé dans de petis Bocage,
Y galoppy ſi fort de ſenté en ſenté,
Que mon pouvre Chevau ne peut plus dalleté,
Sur quieu la neut venguit, & le temps fut ſi negre,
Qu'y ne vy pus d'adreſſe ou de vedet à ſegre,
Ne vejant donq pus goutte, & n'oyant que do Loups,
Le vent dans le viſage, & l'eve ſur le doux,
Y m'arreſty tout court, ne ſçachant pus que foire,
Ben longtemps aprés quieu, la Lune quy vy raine,
Me fit vere à trois pas in petit cheminet,
Qui m'amenit icy deux heure avant miner ;
Le grand Chemin, fizy, nous conduit comme in Livre,
Tu marchras ſeurement ſi tu le veux ben ſuivre ?
Comme quieuquy d'abord les Reformez firant,
Gle prenguirant à gauche, & gle s'écartirant,
Le Chemin de loux Foy, qui conduit à juſtice,
Eſt in Chemin tortu qui mene au Precipice.
Gle s'en ſont appreceu zeux-meſme à Charenton,
Où la Reforme entere a changé de dicton,

Peufque gl'ont approuvé la Prefence réelle,
Aprés l'aver prêché comme ine Erreur mortelle.
En rendant loux hommage à quielle verité,
Gle rentrant au Chemin que loux Pere ont quitté,
De quielle verité, gle paffront à dos autre,
Et gle crachront aux œil de loux premez Apôtre ;
La verité domine, à les frat tous venir,
Dans fon Chemin Royal que chaquin det tenir.

ZACARIE.

" Si la plus courte faute eft toujours la meilleure,
" Et qu'il faille plier fous la force majeure,
" Charenton eut raifon dans fa décifion,
" On ne fçauroit blâmer fon Decret d'union.
" Aux chers Freres d'Ausbourg on demandoit de l'aide,
" On croyoit obliger Adolphe de Suede,
" Ainfi la Politique & la Religion,
" Formerent à l'envy le Decret d'union.
" Mais ce fameux Decret leur doit ôter la peine,
" Qu'ils ont de revenir à l'Eglife Romaine.
" Si leur plus grand motif de feparation,
" Fut de ce qu'en l'Eglife on fait Profeffion,
" De croire au Sacrement la réelle Prefence,
" S'ils ont tant fulminé contre cette Creance,
" Que Dumoulin parlant de la Réalité,   (a)
" La qualifie, amas de toute iniquité ;
" S'ils en ont fait entr'eux un Monftre d'Herefie, (b)
" Et fi Calvin la dit damnable reverie,
" Si fa Doctrine affreufe, ainfi qu'ils ont tous dit,
" Détruit abfolument l'Humanité de Chrift,
" D'où vient donq qu'aprefent elle n'eft point dânable ?
" Puifqu'un Synode entier la juge fupportable.
" Si felon ce Synode on la croit fans venin,
" Qui pourra d'impofture exempter leur Calvin ?
" Qui pour ravir des gens à l'Eglife Romaine.

(a) *Apol. pour la Cene c. 4.*
(b) *Traité de la Cene, dernier avert. à Véftph.*

" Mettre ses Sacremens & sa Doctrine en haine,
" Fit d'un si saint Mystere une execration,
" Qu'il dit son plus grand Point de separation.
" Le voylà démenty par un fameux Synode,
" Qui sur ce grand sujet se fait son Antipode.
" Faisons suivre ces faits de nos reflexions,
" Et tirons sur cecy nos vrays conclusions.
" Si nos premiers Docteurs qui reformoient l'Eglise,
" Nous ont fait recevoir pour Doctrine precise,
" Le rebut absolu de la Realité,
" S'ils nous l'ont fait passer pour contre verité,
" L'appellant un Erreur, un Monstre abominable,
" Vne horrible Heresie, un sentiment damnable,
" Qui nous rend les Romains, objets d'aversion,
" Et nous porte le plus à separation.
" Si la Reforme ensuite, assemblée en Synode,
" Sur la Realité se rendant plus commode,
" Dit qu'au lieu de porter à la damnation,
" Ce Dogme n'a jamais deu rompre l'union,
" Et qu'on doit supporter la reelle Presence,   (a)
" Puisqu'elle est sans venin dans sa simple Creance,
" Le Synode est contraire à nos Reformateurs,
" Ces premiers suscitez sont donc des Imposteurs,
" Leur separation etoit donc mal fondée.
" Que peut-on dire d'eux dans cette juste idée?
" Si dans ces sentimens le Synode a raison,
" Il romp par son Decret l'étroite liaison,
" Qu'on avoit avec ceux qui firent la Reforme,
" Les accuse d'avoir d'une maniere enorme,
" Contre un Dogme innocent montré trop de fureur,
" Et les condamne tous & de Schisme & d'Erreur.
" Si nos Reformateurs sont condamnez de Schisme,
" S'ensuit-il pas de là, que tout le Calvinisme,
" A toûjours demeuré dans le Schisme comme eux?
" S'ils nous disent icy d'un air contentieux,

(a) *Daillé Apologie.*

" Qu'ils ont d'autres fujets d'une plus haute mife;
" Qui les font détefter . & Rome & fon Eglife.
" Ils auront beau le dire , ils n'en trouveront pas;
" Qui jamais, felon eux, fit un fi grand fracas;
" Puifqu'en choquant le Chrift, en fa Nature humaine,
" Il fappe à leur avis la Croyance Chrétienne.
" Qu'on me die un fujet qui foit plus important?
" S'ils n'en peuvent trouver, je diray maintenant,
" Qu'ils doivent avoüer s'ils font un peu finceres,
" Qu'ils font tous dans le Schifme auffi-bien que leurs
"   Peres.
" Si la Realité dans le faint Sacrement,
" Fut le principal point de leur éloignement;
" Ou feparation de l'Eglife Romaine,
" Devroit-elle à prefent leur faire aucune peine?
" Pour les reünir tous à fa Communion?
" Qu'ont-ils pour foûtenir leur feparation?
" Si la Realité doit eftre fupportée,
" N'eft-ce pas fans raifon avoir l'ame aheurtée,
" Et fe preoccuper de fentimens legers;
" De la voir fans venin parmy des étrangers,
" Et de la regarder dans ceux de leur Patrie,
" Comme un Dogme Erronné, qu'on taxe d'Herefie?
" Si la Realité fut le principal Point,
" Qui fit que des Romains, le party fut disjoint,
" Les autres Points au prix, font de pures Chimeres,
" Pour enfler la Reforme au gré de fes grands Peres,
" On n'a donc plus d'obftacle à la Réunion.
" Je me tiens à cela, c'eft ma conclufion.

SANSON.

On ne peut dire meil, ny de plus belle choufe,
Y veil pretant vous diré in foit qui me prepoufe;
Y lifez quiettez joux, au Nouvea Teftament,
Qu'in Paftour felon Chrift, eft toûjours vigilant,
Q̃e gl'aime fes Brebis, que gne les quitte guere, (a)

(a) *Ioan.* 10. *v.* 11.

Mas qu'o n'eft point itau do Paftour Mercenaire.
A la mercy do Loup gle laiffe fes Brebis,
Véquy queme ô l'ont fait tretous nous grand Rabbis,
Gle nous ont quy quitté, pr'aller dans l'Angleterre,
Quand gle virant l'Eclair, gl'curant poux do Tonnerre.
Qui peut donq fe fier en quiez Paftoux nouvea,
Qui ben loing de garder, quittant quy loux Troupea?
Peufque gl'avant tous foüyt, gle m'avant ben la mine,
De nous aver tappy dans de fauffe Doctrine.
Quieu font les faux Paftoux dont parle Ezechiel, (a)
Qui fe difant tretous cheufy de l'Eternel,
Pre venir de fa part nous porter fa Parole,
Mas jamois gn'ont parle fans nous bailler do colle.
Gu'avant peu jufqu'icy prouver loux Miffion,
Non plus qu'aucun do Point de conteftation,
Que le party fouftent contre les Catholique,
Gle nous ont donq mené queme do bobelique.
Le moindre de loux mot, quand gle ●●●●● parlé,
Paffet pr'Arreft do Ciel, tout fcellé, tô●●●lé.
Mas gle s'en font allé, quiellez bons Mercena●●●
Nous véquy delivré de nos Penfionnaire.
Gle nous ont ben coufté dans les rude Safon,
O felet loux donner le plus clair do Maifon;
Y poyez tous les ans vélant mais de trois Taille,
Pre nourrir le Paftoux, fa Femme & fes quenaille.
Mas fi gne revenant qu'y ne les ange crir,
Ma fé, ne fons pas preft de les vére venir.
O n'en eft pas de zeux tout ce que l'on en penfe;
In habile-houme in joux me dit en confience,
Qu'on fe trompet fouvent à juger do Paftoux,
Mas que ly, Dieu-mercy, les queneuffet tretous;
Et que pre beacot d'eux, gn'en paffret pas la porte;
Gl'en fit diftinction, entre nous de trois forte.
Lez ins font Docte in pois, les autre nou font rén;
mas les moings Docte entr'eux font les plus gens de ben,

(a) *Ezec. c.* 13.

Sans sçaver diſtinguer, le Saint ny le Prophane,
Quiellez-qui ſe ſegant itau queme do Cane.
Dans l'autre rang ſont mis, les Sçavant, les aiſné,
Mas quiellez qui ſont rale, & ſont ben clair ſené,
Gle compoſant do Livre à répondre au Papiſtre,
Et faſant do Sermon pre les autre Miniſtre.

ZACARIE.

" Ils ſont venus du ſang de nos Reformateurs,
" Du moins en tirent-ils leur Science & leur Mœurs,
" Ils ſont Chefs du party, c'eſt ce qui plus les tente;
" Toute Religion leur eſt indifferente,
" Témoin le grave Auteur du Siſteme nouveau, (a)
" Qui de tous les Chrétiens, ne fait qu'un ſeul Trou-
"   peau,
" Qui compoſe, dit-il, l'Egliſe Vniverſelle,
" Ou nonobſtant l'Erreur on demeure fidele.
" Car puiſqu'en chaque Secte, on croit en Ieſus-Chriſt,
" Qu'on croit au Pere, au Fils, qu'on croit au ſaint
"   Eſprit;
" Qu'on adore Dieu ſeul, qu'on prêche ſa parole,
" C'eſt-là tout le ſalut: voilà ſa bonne Ecole.
" Mais ce brave Docteur, ce Prophete aviſé,
" Fait du Regne de Chriſt un Regne diviſé.
" Qu'eſt une Secte à l'autre, elle eſt ſon ennemie;
" Elle luy fait la guerre, Elle l'excommunie.
" Eſtre excommunié, c'eſt eſtre exclus du Ciel,
" Nul ne peut donc entrer au Royaume éternel.
" Soit un Luterien, ou ſoit quelqu'un des nôtres,
" La Secte dont-il eſt, eſt Anathéme aux autres,
" De quelque part qu'il vienne il eſt toûiours lié,
" Et quiconque entre au Ciel eſt excommunié,
" Que crois-tu qu'il réponde à cette juſte Inſtance?
" Chaque Secte, dit-il, doit borner ſa Puiſſance,
" A bannir ſeulement de ſa Communion,
" Mais il s'ecarte icy de l'explication,

(a) *Iurieu.*

De

"De tous les Fondateurs de l'Eglise nouvelle, (a)
"Qui retient selon eux, la Puissance formelle,
"De livrer au Demon en excommuniant; (b)
"Quand on livre au Demon, qu'est-ce que l'on
"   pretend?
"Parmy tous les Chrétiens, il est incontestable,
"Que l'on exclud du Ciel, celuy qu'on livre au Diable,
"Allez, fiez-vous donc en cét habile Autheur,
"Qui passe entre nos gens pour le plus grand Docteur?
"Et qui faisant pour nous & pour nôtre défense,
"Met sa Secte & tout autre, en toute indifference,
"Dans ce nouveau Sistéme, il n'est que le Surgeon,
"De d'Huisseau, de Cappel, & de Monsieur Pajon.
"Disciple de ces gens, il les suit à la piste,
"Il est Disciple aussi, du Ministre Callixte,
"Cét insigne Docteur chez les Lutheriens,
"Pour moy je les crois tous de francs Sociniens,
"Quoy que les plus zélez, & plus sçavans des nôtres,
"Laissons-nous donc conduire à ces divins Apôtres,
"Tout Dogme, selon eux, au salut est égal,
"Pourveu qu'on soit Chrétien, rien n'ira jamais mal:
"Toutes Religions à telles gens sont bonnes,
"Tous les Indifferens leur doivent des Couronnes.
"Voilà le sentiment de Monsieur Iurieux,
"Qu'on a veu tant de fois d'un esprit furieux,
"Crier, se déchaîner contre tout le Papisme,
"Et le nommer par tout Antichristianisme,
"Il avoüe à present qu'on y fait son salut,
"C'est à la verité qu'il devoit ce tribut;
"Sa déposition ne peut-estre suspecte,
"Si ce n'est quand il veut, pour soustenir sa Secte,
"Mettre tout à lambeaux la même verité,
"Pour la jetter par tout avec temerité,
"En cent divers partis dans le Christianisme,
"Où regnent cependant l'Heresie & le Schisme.

(a) *Confef. de Foy Art.* 23. (b) *Angl. Art.* 23.

Q

" Quiconque met l'Eglife en la divifion,
" Met le Regne de Chrift en defolation. (a)
" Rompre & couper fa Robe, & la mettre en partage,
" C'eft furpaffer des Iuifs la furie & la rage:
" Qui nous a donc donné ces Docteurs fi hardis ?
" Qui veulent de l'Enfer en faire un Paradis?
" Bâtir fur un tel plan l'Eglife univerfelle,
" C'eft ravaler le Chrift, le mettre en Paralele.
" Aveque Belzebut dont on fait fon égal,
" C'eft accorder enfin, Iefus & Belial. (b)
" Mais fi nous fondons mieux ces Docteurs venerables,
" Sans doute les Romains leur feront redevables,
" Car puifqu'en leur Eglife on fe peut bien fauver,
" C'eft affez à mon fens pour les bien relever,
" Du reproche fanglant, & de la calomnie,
" Que nous leur avons fait d'être en Idolatrie.
" Car puifque l'Idolatrie eft acquis au Demon,
" Sans doute le Romain eft exempt de ce nom.
" Si l'on fe peut fauver adherant à fon culte,
" C'eft affez pour parer à cét horrible infulte.
" De ces grands Apoftats qui nous faifant la Loy,
" Nous ont infinué pour Article de Foy; (c)
" Que l'Eglife de Rome, eft foüillée & fletrie,
" De fuperftition, d'abus, d'idolatrie.
" Ces grands Reformateurs, ces Auteurs du party,
" Par nos Docteurs recens en ont le démenty.
" Ils l'eurent bien auffi dés le temps d'Henry Quatre,
" Ce grand Prince agité, fentoit fon cœur combatre,
" Pour le Dogme Huguenot, fuccé dés le berceau,
" Lors que deux des Pafteurs de ce party nouveau,
" Soutinrent hautement par écrits autentiques, (d)
" Qu'on fe pouvoit fauver parmy les Catholiques;
" L'un s'appelloit Morlas, & l'autre étoit Rotant,
" Les plus fçavans pour lors du party Proteftant.

(a) *Luc.* 11. (b) 2. *Cor.* 6. v. 15.
(c) *Confef. de Foy Art.* 28. (d) *Duplex Hift. Henry* 4.

" Si ces gens si profonds dans la Theológie,
" Avoient crû le Papisme imbu d'Idolatrie,
" Auroient-ils assuré qu'on y fait son salut?
" N'en auroient-ils pas fait un objet de rebut?
" N'auroient-ils pas jugé sa Doctrine execrable?
" Puisque l'Idolatrie assujettit au Diable.
" Mais la sincerité de ces graves Docteurs,
" A reprimé l'excez de nos Reformateurs,
" Qui, pour décrier Rome, agitez de manie,
" Avoient imbu les gens de cette calomnie.
" Dieu! qui pourroit penser que le malin Esprit,
" Auroit peu s'emparer du Royaume de Christ?
" Le Royaume de Christ n'est-ce pas son Eglise?
" A qui toute la Terre, un jour sera soumise.   (a)
" Et ne voyons-nous pas dans nos Prédictions,
" Qu'elle doit dominer sur toutes Nations?
" Et que l'Esprit de Dieu se repandra sur elle, (b)
" Qui fixant pour renfort sa demeure Eternelle,
" Elle aneantira le culte du Demon,
" Cette Eglise partout en celebrant son Nom, (c)
" Luy doit offrir un pur & propre Sacrifice :
" A ces Predictions est-ce rendre justice,
" D'abîmer cette Eglise en superstitions,
" Idolatrie, abus & desolations ?
" Donque les Nations en se faisant Chrétiennes,
" Ont pris d'autres Erreurs au lieu des anciennes.
" Car si sur les Autels, où l'on offre en tout lieu,
" L'on y fait adorer un autre objet que Dieu,
" Le Gentil fait Chrétien, (qu'il loüe, adore ou prie)
" A seulement changé d'objet, d'Idolatrie.
" Où sommes-nous grand Dieu ! quelles absurditez
" Nous ont fait avaller ces nouveaux suscitez ?
" Quoy, l'Eglise de Christ ne s'est point étenduë,
" Que lorsque absolument Elle étoit corrompuë?
" Treize cens ans l'ont veüe en la corruption,

(a) *Psal.* 2. *v.* 8. (b) *Psal.* 45. *v.* 5. (c) *Malac.* 1. *v.* 11.

" Mais Calvin l'affranchit de son infection ,
" Il vient tirer d'Erreur, tout le monde Idolatre ,
" Il sçait persuader sa Secte opiniâtre,
" Que l'Eglise est perie , & la Foy sans appuy,
" Et que le monde entier se va damner sans luy.
" Qu'il leur parle, il suffit, qu'il invente ou controuve ;
" On l'écoute, on le gouste, on le suit , on l'approuve.
" Qu'il puise en l'Ecriture, où dans quelqu'autre lieu,
" Tout ce que dit cét homme est parole de Dieu.
" Voilà l'homme de Dieu que tout le Party prise,
" Comme le Fondateur de nôtre jeune Eglise,
" Que l'on peut appeller venant de son esprit,
" L'Eglise de Calvin, non pas de Iesus-Christ.

SANSON.

Nous véquy ben réngé, vous & mé , Zacarie,
D'aver tout netre temps vécu dans l'Heresie ;
D'aver crú quiéz Doctoux qui nous avont hablé,
Et criblé, bonne gens, queme on crible le blé.
Nous sçavons à present qu'allant à loux Ecole,
On se prévent si fort au vent de lour parole,
qu'on cret venir do Ciel, de Dieu, do saint Esprit,
uieu que dans ses discoux le moindre d'eux nous dit,
goulat de quiéz gens prononcé dans la Chère,
emporte sur saint Paul, se fait cent fois meux crere ;
ñt Paul dit qu'o fault crere à la Tradition ;　(a)
oulat de quiéz gens nous dit sans caution,
o ne se fault tenir qu'à la seule Ecriture,
t Paul dit que l'Eglise est belle, & sainte & pure, (b)
me Bazé, Colomne, appuy de verité ;　(c)
oulat de quiéz gens avec temerité,
qu'a l'est en roüine & sa Doctrine vaine.
Paul dit que la Foy de l'Eglise Romaine,　(d)
elebre en tout point & dans tout l'Vnivers,
oulat de quiéz gens prenant tout à l'envers,

Thes. 2. v. 15. (b) Eph. 5. v. 27. (c) 1. Tim. 3. v. 15.
Rom. 1. v. 8.

Dit,

Dit, parlant de la Foy de l'Eglife Romaine,
Qu'o n'eft ren qu'ine Foy d'Eglife Antichrétienne. (a)
Saint Paul préchant do gens, qui d'in air ingenu,
Diffant que l'Antechrift étet deja venu,
Dit que gne det venir que fur la fin do monde; (b)
In goulat de quiez gens, dit d'in accens qui gronde,
Comme venant do Ciel guindé do faint Efprit,
Que dépeus treize Siecles eft vengu l'Antechrift, (c)
Et que quio l'Antechrift, n'eft autre que le Pape,
Qu'o lou fault creré itau, comme Iurieu jappe,
Y vé que quiellez gens avec tous loux goulat,
Sur le Point do falut, nous ont mis tout à plat.
Gle nous ont déguifé la Foy de nous Ancêtrés;
Louz dire & louz Ecrit, tout nous ou foit parétre,
Dieu met dans men efprit quiellez reflexion,
Et me foit en fegret do Predication,
Qui me vont engager do coûté Catholique;
Y fé demy gagné, quand mon efprit s'applique;
A conter loux Paftoux defpeus feize cens ans,
Et qu'in Siecle do netre emporte tout le temps.
N'en contans neuf ou dix, mas à l'onziéme, blanque,
Avant quieu fans Paftoux, donq netre Eglife manque.
Ine Eglife eft ben courte, & farre ben fes bout,
Quand on n'y peut conter, que dix Miniftre en tout,
Y fens mon cœur fe rendre, apprenant qu'en tout âge,
O n'eft Ville ny Bourg, ny préque de Village,
Où les Romains negeant, in leut pré prier Guiu;
Et que netre Reforme à poine en at ogu,
Loing à loing quoque zin à la pique, à la maffe;
Y vé que louz Eglife a pre tout même face;
Mas la netre au contraire, en change à tout moment;
Y vé qu'a nat icy ren que deux Sacrement,
Et qu'a l'en at ben trois dans toute l'Angleterre :
Y vé que les Romains font pre toute la Terre,
Que louz Meffe fe dit en tretous les endret;

(a) *Iurieu.* (b) 2. *Thef.* 2. (c) *Iurieu.*

R

En Turquie, en la Chine, au Poès chaud, au Poès fret,
Quieu foit ver que gl'avant l'Eglife Vniverfelle;
La netre n'eft qu'icy, quemant donq l'a frat-elle?
Y vé que les Romains ont pre tout même nom, (a)
Que loux Foy dans faint Paul eft de fi grand renom,
Que les gens en tout leut, les nommant Catholique;
Mas nous tout au contraire, on nous nomme Heretique.
Qu'on me nomme l'Auteur de la Foy do Romains?
Qu'on dife le premer qui tracit loux chemin?
Nous gens n'en trouvant point, gl'ont bea fegre à la pifte
Mas on fçait que Calvin a foit les Calvinifte,
Que Luter avant ly fit les Luterien,
Et qu'Arius donnet le nom aux Arien.
Les Romains ont toûjours condamné tous les autre,
Et fe font maintenu dés le temps dos Apôtre.
Quieu foit ben ver que gl'ont la vray Religion,
Peuqu'a s'eft répanduë en toute Region,
Et qu'a l'at mis à bas toute les Herefie;
La netre aprés cent ans fe vet deja moifie,
Et nous gens s'en allant queme gle font venu,
Ce qu'on foit doncque avoure, eft l'Ouvrage de Dieu,
Qui perdant netre Secte, itau nous favorife,
Pre nous foire rentrer tretous dans fon Eglife.

ZACARIE.

Moy le fuis convaincu comme d'un Point de Foy,
Que Dieu, qui de fa main, conduit le cœur du Roy, (b)
Interpofe fon bras, fe fert de fa Puiffance,
Pour nous faire venir tous à refipifcence.

SANSON.

Beny fet le Grand Roy que Dieu nous a donné,
Le Ciel a ben foit ver, quand gle l'at couronnè,
Que d'in œil de bonheur, gle regardet la France,
Le prenant pre la moen, le joux de fa Naïffance,
Gle l'affurit fi ben de fa Protection,
Que la felicité de netre Nation,

(a) *Rom.* 1. v. 8.   (b) *Prover.* 21 v. 1.

Pareft être attachée à l'heur de fa conduite;
Gl'at de fes Ennemis la Puiffance reduite,
A mordre de fureur la Terre avec les dents,
S'eft foit craindre au dehors, refpecter au dedans;
Se rend doux au foûmis, fevere au malègable,
Equitable pre tout, & pre tout admirable.
Gle l'emporte en vertu fur tous les autre Rois,
Gl'at foit fleurir les Arts, l'Eloquence & les Loix;
Foit perir l'Herefie, & triompher l'Eglife;
Y cré donq ben qu'aneut, le Ciel me favorife;
Peufqu'y fois mon falut en pliant fous fa Loy,
Et qu'y fer l'Eternel, fon Eglife & mon Roy.
Y vedrez m'élever à chanter fes Loüange,
Mas las! fi mon genie & mon jargon ne change,
Y ne peus fatisfoire à men intention,
Mas pre tout mes refpect & mes foumiffion,
Les devoir de mon cœur, o fault ben qu'y ly rende,
O l'eft itau qu'y met mon obole à l'offrende.   (a)
O ne me refte pus qu'a m'aller prefentè,
A netre grand Prelat, Monfegnou de Poîtè,
Quio Prelat fi pieux, fi faint, fi venerable,
Si fage, fi fçavant, fi benin, fi traitable;
Quio Prelat, qui fans ceffe occupe fon efprit,
Do foing de ramener les ame à Iefus-Chrift,
Qui cherche toûjours Dieu, mas avec in tau zéle, (b)
Que gl'eft de fon Troupea, la forme & le modéle,
Gn'at encore point foit de Predication,
Que l'on n'y reconnut ine fainte Vnction,
Qui foit fentir au cœur in defir tres-fincere,
D'en foire fon profit, & fuivre fes lumere.
Y vay ly foire part de ma Converfion,
Et recévre de ly men Abfolution.

(a) *Marc* 11. v. 42.   (b) I. Pet. v.

FIN.

www.ingramcontent.com/pod-product-compliance
Lightning Source LLC
Chambersburg PA
CBHW060838250626
47162CB00005B/2108